KB242511

나 없이도
살아가는
네가 되기를

너 없이는
못 사는
내가 바란다

나 없이도
살아가는
네가 되기를

너 없이는
못 사는
내가 바란다

파선강 에세이

나 없이도
살아가는
네가 되기를

언제나 부모였고

어느새 부모가 되었고

언젠가 부모가 될

모든 분께.

아이를 기른다는 건
결국 내 세상을 넓히는 일이었다

"저는 결혼은 해도 아이는 낳지 않을 것 같아요."

꿈 많고 혈기 왕성했던 이십 대 후반, 식탁에 마주 앉은 어머니께 나는 그리 말했습니다. 내게는 나름의 정교한 인생 설계도가 있었고, 그 설계도 안에 예측이 어렵고 통제 불가능한 '아이'라는 변수를 담아두고 싶지 않다는 것이 내 논지였습니다.

"…그래라. 너 하나쯤은 네가 좋아하는 일만 하며 살아도 괜찮지."

예상외의 대답이었습니다. 어머니가 이토록 개방적인 분이셨나 내심 놀라던 찰나, 나지막이 이어진 말씀은 그 당시에도 오랫동안 내 마음속에 남았습니다.

"그런데 말이다, 네가 좋아하는 일만 하며 살면 딱 네가 아는 만큼만 세상을 보겠지. 하지만 아이를 낳고 기르다 보면 네가 미처 보지 못한 세상을 보게 된단다. 우리 아들이 그 풍경을 보지 못한다는 건 좀 아쉽네. 나는 그게 참 좋았거든."

몇 해 전 봄날이었습니다. 아이의 등굣길, 시간이 늦어 발걸음을 재촉하는데 초조한 내 마음과 달리 아이는 길가 구석에 쪼그려 앉아 한참이나 바닥을 살피고 있었습니다. 나는 다급하게 아이를 다그쳤습니다.

"뭐 해, 빨리 가자! 이러다 늦겠어."

"아빠가 그랬잖아요. 모든 일에는 빈틈이 없어야 한다고…."

아이는 물끄러미 바닥에 시선을 고정한 채 대답했습니다.

"그런데 틈이 있는 것도 괜찮지 않아요? 이렇게 꽃도 피어나고요."

아이의 발치를 내려다보았습니다. 그곳엔 이름 모를 작은 꽃 하나가 피어 있었습니다. 단단하게 굳은 보도블록, 그 미세하게 깨진 틈 사이로.

"아이를 낳고 기르다 보면 네가 미처 보지 못한 세상을 보게 된단다."

어머니의 말씀이 옳았습니다. 전업부로 8년, 반찬 가게 사장으로 2년. 지난 10년이라는 시간 동안 나는 이십 대에 설계한 인생과는 매우 다른 삶을 살게 되었지만, 한 치의 후회도 없는 시간들이었습니다. 아이의 손을 잡고 함께 걸으며, 아이를 기르지 않았더라면 평생 보지 못했을 세상을 수도 없이 목격했고, 그때마다 내 좁았던 세계가 소리 없이 무너지고 넓어지는 경이를 맛보았으니까요.

이 책에 담긴 글들은 그런 내가 아이와 함께 통과해온 시간의 일기장이자, 아이의 어깨너머로 배운 보다 넓은 세상에 대한 기록입니다. 페이지를 넘길 때마다 내가 발견한 진실이 미온하게나마 전달되길 바라는 마음입니다.

아이를 기른다는 건, 결국 자신의 세상을 넓혀가는 일이었음을.

2026년 봄
피선강

✛ 차례 ✛

3장

너희 덕분에 내 계절은 늘 봄이었어

6장

부모가 되니
비로소 내 부모를
알겠더라

1장

눈 쌓인

길에서

너의 마음을

배웠어

부모 마음

나 없이도 살아가는 네가 되기를
너 없이는 못 사는 내가 바란다.

눈길

눈 쌓인 등굣길.

첫째가 도로의 눈을 계속 발로 차며 걷고 있었다.

"늦겠다. 장난 그만 치고 얼른 걷지?"

"장난치는 게 아니라….."

발끝으로 눈을 밀어내는 첫째.

"이게 가려져서 불편하실까 봐요."

점자 블록. 정말, 눈길이었다.

장래 희망

"아빠는 장래 희망이 뭐였어요?"

학기 초, 서류를 쓰다 아이가 물었다.

"아빠? 음, 아빠는 아나운서였지."

"아나운서요? 아…."

머쓱해지려는 순간, 아이가 말했다.

"꿈을 이루지 못해도 멋져질 수 있구나."

오랜 위로가 되었다.

부작용

"아버님, 오늘 둘째가 친구랑 다퉜어요."
선생님의 전화에 순간 가슴이 철렁했다.
"다퉜다고요? 무슨 일로요?"
"둘째가 주방놀이를 하고 있었는데,
여자 친구가 다가오자…."
잠시 말을 머뭇거리는 선생님.
"어디 여자가 함부로 주방에 오냐고…."
아빠 육아. 뜻밖의 부작용이었다.

양보

"너도 아빠랑 자고 싶지 않아?"

홀로 자는 첫째. 괜히 안쓰러워 물었다.

"그렇긴 한데… 제가 세 살 형아잖아요."

"형아라고 꼭 양보 안 해도 돼."

"이 정돈 양보할래요. 동생은 저보다….'"

조용히 이불을 마는 첫째.

"아빠를 3년 늦게 만났으니까."

잠들지 못한 저녁이었다.

아내

아내에게 단단히 혼이 난 둘째.

시무룩해진 아이를 토닥이며 물었다.

"엄마가 널 얼마나 아프게 낳은 줄 아니?"

둘째가 눈물을 글썽이며 답했다.

"아빠도 모르잖아요."

잘 알고 있었다.

대답

흥미를 잃은 아이에게
"뭐야, 벌써 시들해진 거야?"
물었더니
"가끔 시들기도 해야 진짜 꽃이죠."
라는 대답이 돌아와 놀라버렸다.

저녁 인사

"잘 자요, 아빠. 제가 정말 사랑해요."
졸린 눈의 둘째. 괜히 아렸다.
"아빠도. 아빠 목숨보다 더 사랑해."
둘째가 속삭였다.
"전 그 정도는 아니에요."
정말 아렸다.

흉터

“아, 이게 언제… 안 되는데….”
키즈 카페. 첫째와 놀던 아이의 상의가
말려 올라가 커다란 흉터가 드러났고
“너….”
허둥대는 아이에게 첫째가 말했다.
“큰 상처를 이겨냈구나. 대단하다.”
아이는 더 이상 부끄러워하지 않았다.

별

아이와 별을 보다가

'혼자 빛나는 별은 거의 없어.

별은 다 빛을 받아서 반사하는 거야.'

영화 명대사를 들려주고 싶어 물었다.

"첫째야, 별이 어떻게 빛나는지 아니?"

"핵융합 때문이요."

"…그렇구나."

창피했다.

동침

엄마랑 자겠다며 고집부리는 둘째.
“아빠도 엄마랑 자고 싶은데, 어쩌지?”
아이의 머리카락을 살짝 넘기며 말했다.
“아빠도 엄마랑 자고 싶구나. 그럼….”
아이가 내 뺨을 어루만졌다.
“할머니한테 가서 같이 자자 그래요.”
외로운 저녁이었다.

진자 운동

육아는 진자 운동 같았다
'내가 이것까지 할 수 있었나.'
'내가 이것밖에 되지 않았나.'
이 두 문장 사이를
끊임없이 오가는.

1초

"선생님, 제 아내는요?"

대학 병원. 첫째 출산 후 분만실에서 나온 간호사 선생님을 붙잡고 물었다. 붉은 수혈 팩이 분만실로 수없이 들어가는 걸 눈앞에서 지켜본 터라 그때 난 반쯤은 제정신이 아니었다.

"아내분은 회복실에 계십니다."

간호사님이 짧게 답하곤 베드를 몰아 신생아 중환자실로 빠르게 사라졌다. 회복실이라 적힌 문을 여니, 침대에 누운 아내가 보였다. 핏기 하나 없는 얼굴로. 딱 1초. 그 1초 사이에 마음이 지옥까지 떨어졌다. 그때 조심스레 다가온 의료진.

"아내분은 무사합니다. 걱정 마세요."

그 말에 그대로 주저앉아, 정말 눈이 터져라 펑펑 울었다.

"첫째 낳을 때 얼마나 아팠는지 오빠 모르지?"

카페. 10여 년 만에 중학교 동창을 만나 "우리가 애 엄마가 되다니" 접시가 깨져라 수다를 떨던 아내가 나를 보며 물었다. "나야 잘 모르지" 피식 웃고 답하니 "것 봐. 남자들은 아무것도 모른다니까" 하며 까르르 웃는 아내.

하지만 아내도 모를 것이다. 그날의 1초. 그 1초에 내가 당신이라는 중력을 잃고 어떤 지옥을 보았는지. 그날의 이야기를 이렇게 웃으며 떠드는 당신을 보는 게 내겐 어떤 의미인지. 어느새 아이가 아내 곁에 다가왔다.

"으이구, 옷에 뭘 이렇게 묻혔어!"

아내의 목소리가 쩌렁했다.

천국의 소리가 퍽 요란했다.

지각

"오늘 학원 늦었어? 일찍 나갔잖아?"
첫째 학원에서 지각 문자가 왔다.
"그게… 가는데 앞에 계신 할아버지가…."
울상이 된 첫째.
"절뚝여서… 앞지르면 속상하실까 봐."
꼭 안아주었다.

상식

상식 유튜브를 보던 첫째에게 물었다.
"아들, 아빠가 놀랄 만한 상식이 있어?"
첫째가 답했다.
"범이 한글이고 호랑이가 한자래요."
놀라 자빠지는 줄 알았다.

등교

"아빠, 등교할 때 보니까 다른 아빠들은
딸한테 공주님~ 하면서 엄청 잘해줘요."
하교한 첫째 말에 뜨끔했다
"아빠는 안 그래서 섭섭했어?"
"아뇨. 그게 아니라…."
고개를 젓더니 아이가 말했다.
"우리가 엄마한테 좀 더 잘하자고요.
엄마도 그렇게 소중히 자랐을 테니까."
멋진 남자가 되어가고 있었다.

배려석

"아빠! 저분 아기를 엄청 아끼나 봐요!"
지하철. 둘째가 임산부 배려석에 앉은
중년 남성을 가리키며 말했다
"쉿! 그게 무슨 소리야?"
"배려석에 앉으셨다는 건 아기를…."
둘째가 눈을 반짝였다.
"씨앗 때부터 보호하겠단 거잖아요!"
아기 씨앗은 조용히 자리를 떠났다.

사랑

"너 사랑이 뭔지 알아?"

사랑해요, 인사하는 첫째에게 물었다.

"솔직히 잘 모르겠어요."

"근데 왜 매번 사랑한다 말해?"

음. 입을 작게 오므리는 아이.

"좋아한다는 말론 부족해서요."

모르지 않았다.

속담

유튜브에서 속담을 찾아보던 둘째.
"아빠, 암탉이 울면 집안이 망한대요!"
"뭐??"
"그러니까, 엄마 울리지 말라고요."
뼈에 새기기로 했다.

횡단보도

"운이 좋았어요, 아빠."
등굣길. 눈앞에서 신호를 놓쳤다.
"왜? 방금 파란불 놓쳤는데?"
손을 꼭 잡는 첫째.
"좀 더 아빠랑 같이 있으니까요."
설렐 뻔했다.

한계

토라진 둘째를 안아주며 말했다.
"아빠의 사랑엔 한계란 없단다."
네? 내 말에 놀란 표정을 짓더니,
"한계가 없으면…."
더욱 울먹이는 아이.
"빵개란 말이에요?"
웃참을 실패했다.

미역국

아이는 태어나자마자 신생아 중환자실로 들어갔다. 36
주에 태어난 미숙아. 심장 혈관 하나가 여물지 않았다
고 했다. 하루에 한 번, 딱 30분. 그게 당시 유행했던 메
르스가 우리한테 아이를 볼 수 있게 허락한 시간이었다.
젖을 물어줄 아이가 곁에 없어 지독한 젖몸살을 앓던 아
내는 매일 한 시간의 거리를 통증과 싸워가며 아이와의
만남을 꼿꼿이 지켜냈고, 난 그런 아내에게 미역국을 처
음으로 끓여주었다.

5개월 내내 누워만 있던 아내의 침대도, 아이가 한 번도
누워보지 못한 침대도 모두가 비어 있는 집. 그 집에 혼
자 들어가 미역국을 끓이던 마음이 어땠는지 지금은 잘
기억나지 않지만, 중환자실에서 엄마 품에 안기던 아이
가 눈을 처음 뜨던 그 순간의 마음은 지금도 또렷하다.

“태어나줘서 고마워.”

그리고 9년이 지난 지금 그때 그 아이는 160cm/52kg의 매우매우 건강한 초딩 3학년이 되었고, 나는 반찬 가게에서 소고기미역국을 6,900원에 팔고 있다.

검은색

"아빠, 엄마는 검은색 같아요."
아내가 없던 어느 저녁,
불을 끄고 누운 침대에서
아이가 말했다.
"검은색? 왜?"
괜히 긴장된 질문에
아이가 조용히 답했다.
"어두워지니까 엄마가 더 보고 싶어져서요."
작은 시인 같았다.

마스크 팩

"아빠, 그건 왜 하는 거예요?"
저녁. 마스크 팩을 하고 있는데,
둘째가 다가와 물었다.
"아… 아빠 잘생겨지려고."
뻘쭘하게 대답하고, 시간이 되어
팩을 떼니 흠, 다가오는 둘째.
"뭔가 잘 안 된 것 같은데요."
상처받았다.

등굣길

“아빠, 미안해요.”

등굣길, 정문 앞에서 첫째가 말했다.

“왜? 뭐가 미안한데?”

“나 바래다준 아빠를….”

아이가 꼭 안아주었다.

“집에 혼자 가게 해서. 같이 못 가줘서.”

결코 혼자가 아니었다.

삼촌

"삼촌, 옆에는 삼촌 아내분이에요?"
엘리베이터에서 마주친 미혼 삼촌.
삼촌 여친을 처음 본 둘째가 물었다.
"아, 하하. 아니, 삼촌 여자 친구야."
"아, 그럼…."
고개를 끄덕이는 둘째.
"아내분은 집에 계시고요?"
엘리베이터가 순식간에 술렁였다.

오해

놀이터. 둘째가 내게 달려오며 외쳤다.

"아빠~!"

같이 놀던 여자 친구가 따라오며 외쳤다.

"아버님~!!!"

놀이터가 순식간에 술렁거렸다.

퇴소

"엄마, 많이 보고 싶었어요.

그렇지만 꾹 참았아요. 이젠 괜찮죠?"

둘째의 산후조리원 퇴소 날,

보름 만에 보는 아내에게

네 살짜리 첫째는

그렇게 처음 말을 건넸고,

아내는 둘째를 낳았을 때보다

그날 훨씬 많이 울었다.

칭찬

"선생님이 첫째 칭찬 많이 해주래."

선생님과 통화 후, 첫째에게 말했다.

"칭찬이요? 왜요?"

"반에서 몸 불편한 친구를 잘 도와준다고.

식판도 들어주고, 늘 기다려준다며?"

고개를 갸웃하는 첫째.

"…그래서요?"

잠시 할 말을 잃었다.

이모

지하철. 자릴 양보하는 젊은 여성분께

"고마워요, 이모."

둘째가 꾸벅 인사했다.

"어머, 애 좀 봐. 나보고 이모래. 후훗."

"어? 그럼 뭐라 불러요?"

둘째의 질문에 빙긋 웃는 여성분.

"왜, 그거 있잖니? 형 말고."

형 말고? 고민하던 둘째가 답했다.

"형수님??"

지하철이 들썩이기 시작했다.

파리지옥

“첫째야, 부모를 가장 닮은 꽃은 뭘까?”

식물원. 함께 거닐던 아이에게 물었다.

“…파리지옥꽃이요.”

“뭐, 파리지옥? 왜?”

뜻밖의 대답. 놀라 아이를 바라봤다.

“자긴 지옥이라 불리며 바닥에 살아도….”

꽉. 내 손을 더 세게 움켜쥐는 아이.

“정작 꽃은 꽃대를 높이 올려 피우거든요.

꽃씨만은 멀리 날아가길 바라면서요.”

이미 나보다 높게 핀 아이였다.

틈

혼잣말로
"깨진 틈이 있어야 빛이 들어온다"
라고 했더니 곁에 있던 첫째가 중얼거렸다.
"깨진 틈 사이로 꽃이 피는 것처럼."

단축 번호

"아빠 핸드폰 1번은 엄마네요."
꾹. 폰을 누른 첫째가 시무룩했다.
"왜? 그게 속상했어?"
"네. 난 아빠가 1번인데, 아빠는…."
피식. 귀여워 웃는데 아이가 말했다.
"1번이 할아버지가 아니니까. 언젠가
나도 내 1번을 바꾸게 되나 싶어서…."
더 이상 웃지 못했다.

아이에게 부모가
간절한 순간은
찰나처럼 스쳐간다.

2장

3. 2kg,

내가 들어본

가장 무거운 무게

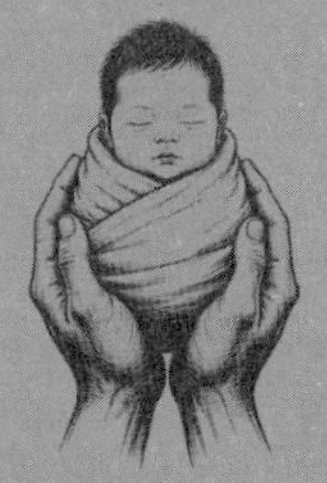

무게

내가 이제껏 들어본

가장 무거운 무게는

3.2kg이었다.

그 3.2kg이

너무 무거워

처음 들고선

그대로 주저앉아

그만, 울어버렸다.

거짓말

아이들에게 "거짓말하지 마라"
늘 이야기하는 아내를 떠올리며
거짓말하려는 둘째에게 이야기했다
"어허~ 둘째야, 엄마가 뭐 하지 말랬어?"
둘째가 바로 답했다.
"변기에 튀기지 말랬어요!"
그 후론 나도 더욱 조심하고 있다.

버튼

"0층. 취소. 0층. 취소…."
엘리베이터. 반복되는 소리에 보니
첫째가 버튼을 연신 만지고 있었다.
"어허! 첫째야! 장난 치지 마!"
꾸중에 첫째가 움찔했다.
"그게 아니라, 엘리베이터 버튼…."
그러곤 억울한 표정을 지었다.
"점자 위에 뭔가 묻어 있어서요.
못 읽으실까 봐. 떼어내려고…."
보이지 않는 마음이 뒤늦게 읽혔다.

초콜릿

"뭐야? 다 먹든지. 손이 이게 뭐야!"
하원 버스에서 손을 꼭 쥐고 내린 둘째.
녹은 초콜릿으로 손이 엉망이었다.
"아니, 먹다 보니 너무 맛있어서…."
울상이 되어버린 아이.
"아빠 주려고 남겨둔 건데…."
사랑하지 않을 도리가 없었다.

오답

"어? 이건 답을 아예 안 썼네?"
첫째의 시험지. 답 하나가 비어 있었다.
"아, 그건 정말 모르겠어서요."
"찍기라도 하지. 객관식인데."
첫째의 눈이 동그래졌다.
"그러다 맞으면 어떡해요?
열심히 푼 친구들 억울하게."
정답보다 더 정답 같았다.

지하철

아이들과 지하철을 탔는데,

사람이 너무 많았다.

"아이고~ 지하철이 만원이네."

둘째가 말했다.

"생각보다 싸네요?"

노약자석 어르신이 마시던 두유를 뿜었다.

방학

"방학이 빨리 끝났으면 좋겠어요."
묵묵히 식사를 하던 첫째가
무슨 생각인지 낮은 목소리로 말했다.
"왜? 친구들 보고 싶어서 그래?"
"그게 아니라…."
잠시 머뭇. 작은 입을 조심스럽게 열었다.
"급식이 먹고 싶어서요."
기나긴 겨울이었다.

드라이아이스

"드라이아이스는 사랑을 닮았어요."
상자 속 드라이아이스를 꺼내려는 첫째.
"응? 뭐가?"
매만지는 아이의 손끝이 조심스러웠다.
"차가움이 주는 상처가 화상이라는 게요."
차가움에 데인 마음이 있었나 보다.

반바지

“아빠, 집에서 팬티만 입고 다니지 마요!”
어슬렁. 사각 트렁크만 입고 돌아다니니
보다 못한 둘째가 혀를 끌끌 차며 말했다.
“아… 아냐! 이거 반바지야!”
민망함에 되도 않는 변명이 나왔다.
“허, 그게 바지라고요? 그럼….”
둘째가 어이없다는 듯 나를 보았다.
“바지 내려보세요. 팬티 있나 보게요.”
차마 그럴 수 없었다.

거울

"아휴, 엄마도 이젠 늙었다. 그치?"
거울 앞. 아내의 한숨 섞인 푸념에
"괜찮아요, 엄마. 내가 배웠는데….'
엄마 얼굴을 슥 어루만지는 아이.
"꽃이 머물던 자리엔, 예쁜 열매가 났댔어요.'
나까지 설렜다.

자리

"하아… 경부 길이가 갑자기 왜…."

둘째의 초음파를 살피던 의사 선생님이 난감한 표정을 지으며 말을 잇지 못했다. 순간, 아내는 짧아진 경부 길이보다 나를 더 걱정했다고 한다. 내가 당장 아내의 회사로 뛰쳐 들어가 그 임원이란 작자의 멱살을 잡을까 봐.

시작은 조그마한 수군거림이었다. 임산부를 너무 배려하지 않는다는 그 수군거림이 거슬렸던 걸까? 그래서 아내의 실명과 과거 병력까지 거론하며 이게 팩트고 자신은 잘못이 없다는 사내 전체 메일을 뿌린 걸까.

덕분에 필요 이상으로 검사를 받아가며 둘째만큼은 정상적인 출산을 하려 했던 우리의 노력은 순식간에 물거품이 되었고, 아내는 휴직과 함께 또다시 침대에 자리 잡았다.

벌써 7년 전의 일. 아이는 무사히 태어났고, 그때의 고생은 잊혔지만 분노만큼은 아직도 잊히지 않는다.

"자리가 사람을 만든다."

나는 이 말에 절대 동의하지 않는다. 자리는 그 사람에게 영향력을 쥐여줄 뿐. 선한 사람이 자리에 오르면, 선함을 주변에 나눌 것이고, 악한 사람이 자리에 오르면, 주변에 똥을 뿌릴 뿐이다.

첫사랑

“아빠! 아빠는 엄마가 첫사랑이에요?”

저녁. 둘째가 난데없이 질문을 던졌다.

“뭐? 그게… 뭐?”

머리가 하얘지는 찰나.

“바보냐? 엄마는 아빠의….”

첫째가 구세주처럼 등장했다.

“마지막 사랑이지. 내 첫사랑이 엄마고!”

치킨을 시켜줬다. 아이스크림도.

분실

대형 마트 분실물 센터.

"여기가 분실물 센터죠?"

둘째가 문을 벌컥 열며 말했다고 한다.

"아빠를 분실했어요! 방송해주세요!"

둘째를 인계해주며 깔깔 웃던

직원분의 표정이 아직도 잊히지 않는다.

물통

"아빠… 죄송해요."

첫째가 헐겁게 잠근 물통.

쏟아진 물로 외출 가방이 흥건했다.

"이게 뭐야! 왜 이렇게 헐겁게 잠갔어?"

첫째가 울먹였다.

"세게 잠그면 엄마가 못 열까 봐…."

꼭 안아주었다.

실수

"어이구, 이걸 어쩌나. 미안해, 애야…."
식당. 손을 파르르 떨던 어르신의
작은 실수로 첫째 옷이 젖어버렸다.
"미안해. 할미가 늙어서 그래, 늙어서…."
연신 사과하는 어르신.
"너무 그러지 마세요, 할머니."
툭툭. 젖은 옷을 털며 아이가 말했다.
"꽃이 시드는 건 꽃의 잘못이 아니랬어요.
그러니 나이를 사과 마세요, 전 괜찮으니."
주름진 얼굴에 꽃이 만개했다.

결혼식

"힝, 나도 엄마 아빠 결혼식 보고 싶은데."

물끄러미 거실의 결혼사진을 보던 둘째.

"아빠….""

슥 다가오더니 아련하게 물었다.

"엄마랑 재혼하면 안 돼요?"

뭐든 어설프게 아는 게 제일 무섭다.

기억

"뭐야? 너 울고 있어?"

캠핑장, 저녁. 장작불 앞에서 첫째가 글썽였다.

"…오늘이 좋아서. 오래 기억될까 봐요."

"그럼 좋은 거잖아. 근데 왜 울어?"

"그렇게 오래오래 기억되다가 언젠가…."

타닥. 불꽃이 조용히 튀었다.

"아빠를 그리워하는 기억이 될까 봐."

그날이 나도 오래 기억되었다.

그리스 로마 신화

"이야~ 그리스 로마 신들 대단한데?"

만화를 읽던 둘째의 감탄.

'음? 뭐지? 신들이 불이라도 뿜나?'

그때 이어진 한마디.

"다들 한국말 웰케 잘해?!?"

마시던 커피를 뿜었다.

버스

버스 정거장. 둘째가 소리쳤다.

"아빠! 저기 8번 버스가 와요!"

웬 8번? 싶던 찰나 들려온 안내 방송.

"곧, 10-2번 버스가 도착합니다."

10-2=8. 정답이었다.

전화

첫째는 가끔 학교에서 전화를 건다.
"아빠, 오늘은 파스타가 나왔어요."
"아빠, 오늘은 와플이 나왔어요."
"아빠, 오늘은 아이스크림이 나왔어요."
급식에 좋아하는 메뉴가 나오면
아빠 생각에 전화를 건다는 첫째.
그 전화에,
괜히 눈물이 핑 돌곤 했다.

성경

성경 공부를 마친 둘째가 말했다.

"아빠! 엄마가 아빠를 사랑하는 이유를 알겠어요."

"사랑하는 이유? 그게 뭔데?"

또박또박. 성경 구절을 읊는 둘째.

"원수를 사랑하라."

반박할 수 없었다.

택배

"저기요! 잠시만요!"

1층. 닫히려는 엘리베이터 문 사이로

짐을 한가득 든 택배 기사님이 탔다.

"어휴, 감사합니다."

7층. 9층…. 기사님이 여러 버튼을 누르자

꾹. 우리 6층을 다시 눌러 취소하는 아이.

"뭐야, 왜 취소해?"

내 질문에 아이가 답했다.

"힘드실 텐데, 우린 한 층만 걸어 내려가요."

기사님이 엄지 척 해주셨다.

심박수

"아빠! 저 오늘 최고 심박수가 150을 넘었어요!"

하교 후, 스마트워치를 보던 첫째가

흥분한 목소리로 말했다.

"150? 진짜 높았네! 체육 시간이었어?"

"아니요! 급식 시간이요!"

요즘 급식, 정말 잘 나오긴 하나 보다.

기적

첫 아이 출산 후, 산후조리원 가는 게 힘들었다. 뽀얀 아기들이 누워 있는 침상들. 그 가운데 덩그러니 이름표만 붙은 첫째의 빈자리를 보는 게 아팠다.

'삐-삐-'

신생아 중환자실. 아이에게선 여전히 기계음이 났다. 다행이었다. 끝끝내 울다가 병실을 뛰쳐나간 한 산모의 모습에, 연민보다는 나도 저럴까 두려움이 앞섰는데, 기계음이나마 들려주는 아이가 참 고마웠다.

"아빠, 죄송해요."

어제, 아이가 실수로 국을 흘리곤 금세 울 것 같은 얼굴이 되었다. 괜찮다고 하니 그제야 웃는 낯이 되어 흘린 국을 혼자 야무지게 닦았다.

'삐—삐—'

호스를 주렁주렁 달고 기계 소리를 내던 아이가 어느 새 실수도, 수습도 한다. 기적이었다. 실수든, 실패든, 투정이든…. 그게 뭐든 살아냈다는, 살고 있다는, 살아간다는 기적. 아이를 끌어안으니 까르르 웃었다. 더 이상 기계 소리는 들리지 않았다.

라떼

"참, 요즘은 애 하나 똑바로 못 재우나?"
버스. 아기 울음에 어르신이 혀를 찼다.
"나 땐 세탁기가 어딨어. 기저귀 빨고,
애 보며 돈 벌고, 밥 짓고, 다 했다고!"
네? 아기 엄마가 당황해하는 찰나,
"우아! 애 보며 돈 벌고, 밥 짓고 정말…."
불쑥 끼어든 둘째.
"가지가지 하셨네요!"
버스가 들썩이기 시작했다.

키

"너는 키도 크고, 다리도 길고… 부럽다."
놀이터. 첫째와 같이 놀던 친구가 말했다.
"그럼 뭐 어때."
친구의 어깨를 툭 치는 첫째.
"날개가 작다고 새가 못 날아오르겠니?
넌 분명 높이 나는 멋진 새가 될 거야."
유독 하늘이 높아 보이는 날이었다.

주스

둘째가 자기 주스를 보곤
"어? 형이랑 나랑 다르잖아?"
말하더니,
자기 주스를 형 컵에 조금 부어줬다.
그게 괜시리 벅찼다.

동그라미

"사랑한다는 말은 꼭 동그라미 같아요."

잘 자, 사랑해. 인사에 아이가 말했다.

"동그라미? 왜?"

씨익. 작게 웃는 아이.

"그 말엔 뾰족한 데가 하나도 없어서요.

마치 곡선들로 둥글게 안아주는 말 같아요."

정말 동그라미 같았다.

달리기

한번은, 내가 먼저 달려가 안아주었다.

매번, 달려와 안기는 아이가 너무 고마워서.

질문

"아빠도 모르게 널 힘들게 할 때가 있니?"

잘자요. 새근거리는 아이에게 물었다.

"그런 건 왜 물어봐요?"

"혹시 있으면 아빠가 고치려고."

"아빠….".

아이가 조막만 한 입을 떼었다.

"잘 때 코나 골지 마세요."

아직 고치지 못하고 있다.

사자성어

86

"어? 이번 문제는 좀 쉽네?"

사자성어 퀴즈가 어렵다고 투덜대던 둘째.

웬일로 쉽다길래 문제를 슬쩍 보았다.

'여럿이 같은 말을 한다. 네 글자로?'

꾹꾹. 야무지게 적은 둘째의 답.

'찌찌뽀옹.'

천재였다.

고통

"엄마, 저 낳을 때 이렇게나 아팠어요?"
주말. 첫째가 조용히 다가오더니
아내에게 패드를 보여주며 물었다.
"응? 이게 뭐야. 고통의 순위?"
"네. 작열, 절단, 다음이 출산이라고…."
목이 메인 듯 아이는 말끝을 흐렸다.
이리 와. 아내가 조그만 손을 잡았다.
"우리 첫째. 처음엔 이 주먹만 했지."
꼭. 아이의 주먹을 감싸 쥐는 아내.
"이걸 네 콧구멍에 넣는다고 상상해보렴."
더욱 착한 아이가 되었다.

3장

너희 덕분에

내 계절은

늘 봄이었어

일기

즐겁게 놀다 온 주말 저녁.
“첫째야, 오늘 일기 왜 안 썼어?”
물으니, 첫째가 씩 웃으며 답했다.
“오늘을 담기엔 일기장이 너무 작아서요.”
핑계가 퍽 신선했다.

우산

“왜 이제 들어와? 아까 내렸다며?”

“버스에서 내렸어요”

라며 전화한 첫째가

한참이 지나서야 집에 들어왔다.

“비가 너무 많이 오잖아요.”

“근데? 너 우산 큰 거 챙겼잖아.”

“그게….”

툭툭 젖은 어깨를 터는 아이.

“어떤 할머니가 비 맞고 가시길래,

같이 쓰고 모셔다드리느라….”

우산이 아이에게 한참 작았나 보다.

냄새

"아휴! 담배 냄새!"

상가 화장실. 담배 연기로 자욱했다.

"둘째야, 다른 화장실 가자."

아이의 손을 잡고 나가려던 순간.

"잠깐요! 이럴 때 하는 말 봤어요."

손을 뿌리친 둘째가 외쳤다.

"저도 흡연실 가서 똥 쌀 거예요!"

통쾌했다.

샴푸

"아빠, 샴푸 다른 거 쓰면 안 돼요?"
샤워를 마치고 나오는데, 안방에서
책을 보던 첫째가 슬며시 다가왔다.
"뭐? 샴푸를? 왜?"
뜬금없는 말에 의아해 물었다.
"아닌 줄 아는데, 자꾸 보게 된다고요."
이내 속상한 낯이 된 아이.
"샴푸 향기에, 혹시 엄마인가 싶어서…."
미처 보지 못한 그리움이었다.

속내

저녁. 첫째가 곁에 누우며 물었다.
"아빠, 오늘 아빠랑 같이 자도 돼요?"
피식. 아직 애구나 싶어 물었다.
"왜 아빠랑 자고 싶은데?"
귀에 대고 소근거리는 첫째.
"안방 침대가 더 폭신해서요."
매트리스를 바꿔줘야겠다.

소원

"둘째야, 이때 무슨 소원 빈 거야?"
저녁. 누워서 둘째 생일 영상을 보는데,
촛불을 끄다 말고 빈 소원이 궁금했다.
"아, 오늘 진짜 추웠잖아요. 그래서….."
졸린지 눈을 비비는 둘째.
"엄마가 아침에 따뜻한 옷 입고
나갔길 빌었어요. 종일 생각나서."
찰나에 담긴 따뜻함이 참 길었다.

어둠

"아빠가 하는 말은 가끔 어둠 같아요."
오늘 어땠어? 자려는 첫째를 토닥이며
대화를 나누는데, 불쑥 아이가 말했다.
"응? 아빠 말이 왜?"
덜컥. 상처 되는 말을 했나 겁이 났다.
"아빠 말을 듣다 보면….'
꼭. 아이가 품에 안기며 말했다.
"실은 나도 빛나고 있었구나, 알게 돼서요.
어둠이 가까워지니 보이는 별빛처럼요."
작은 별빛이 햇살보다 찬란했다.

현장

주말 아침.

침대에 아무렇게나 널브러져 있는데,

둘째가 날 보더니 말했다.

"음… 여기가 사건 현장인 건가?"

사건 현장의 시신은

그만 빵 터지고 말았다.

도대체 뭘 보는 걸까?

하루

“아빠, 잘 자요.”
인사하는 첫째의 눈이 촉촉했다.
“왜 그래? 무슨 일 있어?”
가까이 가니 슥, 내 목을 감싸안는 아이.
“하루가 줄어서요. 아빠 보는 날이.”
어린 사랑 고백이 참 깊었다.

여자 친구

"여자 친구는? 친한 여자애는 없어?"

반 친구 이야기로 한참 떠들던 첫째.

온통 남자애들 이야기라 내가 물었다.

"여자애들은 다가가기 어려워요."

"왜? 부끄러워서?"

"그건 아닌데, 조심스럽게 돼요. 언젠가…."

푹. 아이가 고개를 숙였다.

"쟤들도 커서 우리 엄마처럼 누군가의

소중한 엄마가 되겠지 싶어서요."

숙인 머리가 결코 초라하지 않았다.

평범함

나는 아직도 만삭의 임산부가 활기차게 걷는 모습을 보면 마음이 서늘해지곤 한다.

절대 안정. 조산의 위험으로 걷는 것은 물론, 서 있는 것조차 허락되지 않던 아내의 임신 기간. 24주만 버텨달라고 간절히 기도하던 때의 절실함과 두려움이 아직도 내 마음 깊숙한 어딘가에 남아 있는 모양이다.

출산이 아니라 생존과 싸워야 했던 그 시절.

"이제 아기가 태어나도 안심입니다. 그동안 고생 많으셨지요?"

의사의 그 한마디에 우리 부부는 참 많이도 울었다.

어제저녁. 식탁을 치우는데, 아이들 자리가 엉망이었다. 하여튼, 녀석들. 씩씩거리며 앉아 어질러진 바닥을 닦는데, 문득 그 시절이 떠올랐다. 활기차게 걷는 임산부를 보며 그 걸음걸이를 눈물겹게 부러워하던 때가.

어쩌면 그때 내가 그토록 간절히 바라던 풍경은 바로 이런 것이 아니었을까? 식구가 모여 앉아 밥을 먹으며 웃고 떠들다 엉망으로 어질러진 이 바닥처럼, 너무도 당연해서 소중한 줄도 모른 채 누리고 사는 지극히 평범한 풍경.

그런 생각에 이런 소소한 일상이 목 끝 따갑게 느껴져 바닥을 다 닦고 나서도, 한참을 일어서지 못했다.

주사

"주사가 약간 따끔할 수 있어요."
소아과. 주사기를 든 간호사 말에
둘째 표정엔 긴장감이 역력했다.
"간호사 누나, 따끔은 싫은데….
간호사를 처연히 바라보는 둘째.
"그냥 마시면 안 돼요?"
"안 돼요."
궁뎅이를 찰싹 맞았다.

엘리베이터

"앗! 아빠, 잠시만요! 할아버지!"
둘째가 닫히려는 문을 급하게 열더니,
방금 내린 어르신을 후다닥 쫓아갔다.
'응? 뭘 두고 내리셨나?'
생각할 찰나, 쩌렁 울리는 목소리.
"인사를 깜빡했어요! 안녕히 가세요!"
허허, 고마워. 화답하는 어르신.
기특했다.

건더기

찌개에서 큰 건더기가 나왔다.
"이야~ 왕건이 나왔다!"
첫째가 받아쳤다.
"고려의 탄생이네요."
밥알을 뿜었다.

목메달

"아들 둘? 어휴, 목메달이네, 목메달."
버스 정거장. 애들과 함께 서 있는데,
한 어르신이 다가오더니 대뜸 말했다.
"목메달? 할아버지, 그게 뭐예요?"
"니들 목메달 몰라? 그게 뭐냐면….
둘째의 질문에 운을 떼려는 어르신.
순간 울컥. 그만하시죠, 나서려는데
"아! 목메달! 알 것 같아요!"
첫째가 외쳤다.
"나무 목(木)을 써서 목메달. 맞죠?
귀한 생명을 기르는 부모한테 주는!"
감히 아니라 하지 않으셨다.

고백

한번은 아이가 말했다.
"아빠, 나는 아빠를 만나기 위해
세상에 태어난 것 같아요."
내 생에 가장 찬란한 고백이었다.

성형

지하철. 둘째와 서서 가는데
앞에 앉은 여성분이
친구에게 폰을 보여주며 말했다.
"봐봐. 이 사람 코 했지? 코 했어."
고개를 쭉 내미는 둘째.
"누가 벌써 자요?"
옆칸으로 이동했다.

계단

"아빠, 우리 다른 계단으로 올라가요."
지하철역. 출구로 향하는데 먼저
뛰어갔던 첫째가 되돌아와 손을 당겼다.
"왜? 그럼 한참 돌아가잖아. 뭐가 있어?"
쉿. 조용히 하라는 아이.
"저기 계단 가보니까, 어떤 분이…."
아이가 내 귀에 대고 작게 속닥였다.
"휠체어를 타고 운반기를 기다리고 계셔요.
그 옆을 걷는 게 실례일까 봐. 돌아가요."
돌아가는 길이 그리 곧았다.

발밑

"아빠!! 아빠는 키 커서 잘 모르죠!?!"
둘째가 느닷없이 소리쳤다.
"엥? 아빠가 뭘 몰라?"
씩씩거리는 아이.
"발 냄새요! 키 작은 나만 다 맡고!"
그 길로 다이소에 가서 '발을 씻자'를 샀다.

시험

"아빠… 공부 괜히 열심히 했어요."
시험 날, 집에 온 첫째가 시무룩했다.
"왜? 무슨 일 있었어?"
"저번엔 모르는 게 많아 망쳤잖아요.
그래서 진짜 열심히 했는데, 이번엔…."
억울한 표정.
"아는 것만 나왔어요. 공부 괜히 했어."
세상 귀엽고 억울한 만점이었다.

베개

“아빠, 베개 바꿔주세요. 못 자겠어요.”

안방 침대. 첫째가 뒤척였다.

“왜? 베개가 불편해?”

“그게 아니라 자꾸만….”

울먹이는 목소리.

“엄마 향기가 나서요. 계속 생각나게….”

조용히 베개를 바꿔주었다.

비닐

‘바스락. 바스락.’
집에 놀러 온 어린 여자 조카 아이가
소리가 좋은지 비닐을 비비며 놀자,
“어허, 아니야. 안 돼.”
둘째가 비닐을 뺏으며 말했다.
“여자가 이런 거 드는 거 아니야.”
종량제 봉투였다.

매표소

"음… 신분증도 같이 보여주시겠어요?"
다둥이 카드를 받아 든 직원분 요구에
"신분증은 왜요? 우리 아빠 이리 보여도…"
흥. 날 대신해 당당히 말해주는 둘째.
"진짜 한국 사람 맞거든요!?"
아주 고마웠다.

둘째

핸드폰을 가지고 놀던 둘째가 갑자기 울음을 터트렸다. 놀라 다가가 왜 우냐고 물으니 대답 대신 핸드폰을 내밀었다. 화면엔 키즈 카페에서 놀고 있는 첫째의 옛날 사진이 있었다.

"옛날 형아 사진 보고 운 거야? 왜?"

아이가 울며 말했다.

"나도 아빠랑 둘만 가고 싶어요."

다음 날, 둘째를 등원시키지 않고 단둘이 키즈 카페에 갔다. 평소에 투정이 많은 아이였다. 소리도 잘 지르고, 말썽도 많은. 하지만 그날은 달랐다. 머문 내내 웃음을 잃지 않았다. 다른 아이에게 양보하고 배려도 했다.

"나 먼저 할래!"

집에서 늘 외치던 그 말을 한 번도 하지 않았다. 그렇게 신나게 노는 모습을 보는데, 문득 이런 생각이 들었

다. 평소의 투정과 고함은 한 번쯤 자기만 온전히 봐달
라는 간절함이 아니었을까.

　그 생각에 미안해져, 그만 울어버렸다. 사람이 많았지
만, 부끄럽지 않았다. 그 후로 가끔 둘째와 둘만의 시간
을 보낸다. 온전히, 둘째만을 위한.

마치

“신기해요, 아빠.”

멀리 군중 사이로 마침내 아내가 보였다.

“뭐가 신기한데?”

“저렇게 많은 사람이 함께 빛을 받아도….”

씩 웃더니, 아내한테 내달리는 아이.

“엄마만 반짝이는 게요. 마치 윤슬처럼.”

엄마! 달려가는 그 작은 뒷모습이

윤슬처럼 반짝였다.

문신

"할아버지, 등에 거북이 문신이에요?"
목욕탕. 말릴 틈도 없이 둘째가
곁에 있는 낯선 어르신께 물었다.
"응? 내 등에? 아, 이거…."
허허 웃는 어르신.
"부항 자국인데. 왜, 거북이 등 같니?"
죄송합니다. 열 번 넘게 사과드렸다.

소시지

"아빠~ 아, 해보세요."

둘째가 웬일로 자기가 좋아하는

소시지 반찬을 나에게 내밀었다.

그게 기특하고 고마워

입을 아~ 하고 크게 벌리는데

옆에서 책을 보며

밥을 먹던 첫째가

화들짝 놀라며 말했다.

"내 소시지 한 개 남은 거 어디 갔어?"

다행히 먹진 않았다.

우애를 넘나드는 효도인 게냐?

말본새

둘째 말본새는 어릴 적부터 남달랐다.

이를테면,

"귀여워라~ 너 몇 살이니?"

라는 물음에 이렇게 답했더랬다.

"한두 살 먹은 애기는 아니에요."

세 살 때였다.

여행

“아빠, 벌써 눈물이 나요.”
여행 마지막 날, 첫째가 울먹였다.
“왜? 떠나는 게 아쉬워서?”
“아뇨, 오늘이 많이 그리울까 봐요.”
마음이 저릿했다.

기억의 습작

"아빠, 이 노래 제목이 뭐였죠?"
달리는 차 안. 〈기억의 습작〉이 흘렀고
제목이 가물가물했는지 첫째가 물었다.
"기억으로 시작해. 그다음엔 뭐게?"
"기억? 기억 다음에… 음….
둘째가 끼어들었다.
"니은이잖아! 형, 바보야?"
니은의 습작. 그렇게 싸움은 시작되었다.

그리움

"뭐야? 왜 까맣게만 색칠해?"

패드로 그림 그리기 게임 중이던 첫째.

화면을 온통 검게 채우길래 물었다.

"제시어가 그리움이라서요."

"아, 그럼 밤하늘을 그리는 거야?"

"그게 아니라, 너무 그리우면…."

색을 꾹꾹, 열심히 칠하는 아이.

"눈을 감게 되잖아요. 눈물이 자꾸 나서.

그럼 세상이 온통 까맣게만 보이니까…."

어둠으로 그리는 그리움이 있었다.

가을길

"아빠는 가을길 같아요."
곁에서 잠이 깬 첫째가 말했다.
"가을길? 왜?"
조용히 등을 돌리는 첫째.
"입에서 은행 냄새가 나서요."
양치만 10분 넘게 했다.

건망증

"아저씨, 저 좀 살려주세요."

아내는 곁에 있는 나조차 몰라보고 내 손을 부여잡곤 낮게 읊조렸다. 급작스러운 출산. 마취과 선생님은 뒤늦게 왔고, 무통주사 시기를 놓쳤다.

'온몸의 뼈를 조각냈다 다시 맞춘 느낌.'

아내는 출산의 고통을 그렇게 표현했다. 그때 나도 알았다. 사람이 너무 고통스러우면 비명조차 못 지르고 몸속 깊숙이 끓는 듯한 신음 소리를 낸다는 걸. 6개월의 입원과 6시간의 진통. 그때 나는 다짐했다, 둘째는 없다고.

"아이 둘 낳길 정말 잘한 것 같아."

어제, 아이들 방에서 끊이지 않는 웃음소리에 아내가 말했다. 그 말에, "맞아, 잘했지" 짧게 웃으며 답했지만, 실은 말해주고 싶었다. 지금 저렇게 아이들 둘이서 행복하게 웃을 수 있는 건… 그 지옥 같은 고통과 불편함을 다시 겪을 거라는 걸 알면서도 홀로 노는 첫째를 보면서 "우리 둘째 갖자"라고 단호히 말하며… 그 모든 고통을 지운 당신의, 엄마의 위대한 건망증 덕분이라는 걸.

정곡

뻔한 거짓말로 변명을 늘어놓는 둘째.

거짓이 제일 싫다는 아내가 떠올랐다.

"둘째야, 엄마가 뭘 제일 싫다고 하셨지?"

음. 고민하던 둘째가 답했다.

"아빠?"

정곡을 찔렀다.

비밀

둘째가 눈물이 그렁그렁하며 말했다.

"아빠, 그걸 어떻게 알았어요?

엄마는 모르죠? 엄마는 모르게 해줘요.

제발요… 네?"

그러고는 서럽게 울었다.

"이제 5월이네. 유치원에서 카네이션 만들겠다."

별생각 없이 물어본 건데,

뭔가 대역죄인이 된 기분이었다.

4장

네 사랑은

밤낮없이 밝아

마치

백야 같았어

숨

"뭐야? 왜 이렇게 숨을 헐떡거려?"

헉헉. 하교한 아이의 숨이 가빴다.

"오는 길에… 꽃이 예쁘게 피어서…."

"그런데?"

휴. 숨을 몰아쉬는 아이.

"뛰어오느라고요. 빨리 말해 주고 싶어서…."

그게 너보다 예쁠까 싶었다.

돌멩이

“아들, 왜 매번 돌멩이를 선물로 줘?”

냇가. 첫째가 돌멩이를 건넸다.

“아빠를 위한 제 마음 같아서요.”

“뭐가? 작고 단단해서?”

아이가 씩 웃으며 말했다.

“녹슬지 않을 테니까요.”

차마 두고 올 수 없었다.

멍

"뭐야! 너 얼굴이 왜 그래?"
집에 온 첫째. 얼굴 한쪽이 시퍼랬다.
"그게… 친구가 얼굴에 멍이 들었는데,
걔가 너무 창피해하잖아요. 그래서…."
얼굴을 슥, 문지르니 번지는 얼룩.
"제가 크레파스로 얼굴에 색칠했어요.
이러면 걔가 덜 창피해할까 싶어서요."
얼룩진 얼굴이 빛났다.

졸업

둘째가 태어날 무렵, 난 복직을 포기하고 육아를 선택했다. 그렇게 8년. 멘토하던 후배의 성장이 부럽기도 했고, 남자가 무슨 육아냐는 부모님의 핀잔에 마음이 아프기도 했다.

오늘, 둘째가 유치원을 졸업했다. 당당히 단상으로 올라가 졸업장을 받고, 이별의 노래를 부른다. 등원 첫날에 가기 싫다며 떼쓰던 아이가, 어버이날에 엉망이 된 카네이션을 내밀던 아이가, 크리스마스에 꾹꾹 눌러 쓴 감사 편지를 읽던 아이가 어느새 자라, 저렇게 친구들과 헤어지는 게 슬퍼 눈물을 보인다. 그 모습에 만약 저 곁을 지키지 않았더라면 결코 느껴보지 못했을 벅찬 온기가 내 가슴을 가득 메웠다.

"아빠!"

단상에서 내려온 아이가 내게 달려왔다. 품 안 가득 아이를 안으며 난 확신했다. 역시, 내 선택이 옳았다고.

기특

동생을 잘 돌보는 첫째.

기특해 물었다.

"첫째야, 너는 둘째가 언제 제일 좋아?"

"잘 때요."

정말 부모 마음이었다.

흔한 질문

아내가 없는 저녁 식사 시간.

괜한 호기심에 둘째에게 그 흔한 질문을 던져봤다.

"둘째야, 넌 엄마가 좋아, 아빠가 좋아?"

둘째가 눈을 동그랗게 뜨더니

조그마한 입으로 대답했다.

"진짜 이야기해도 돼요?"

아니, 하지 마. 알 것 같으니.

훈계

훈계를 받고 시무룩해진 아이를
살며시 안아주며 물었다.
"아빠가 누굴 제일 사랑한다고 했지?"
아이가 조용히 속삭였다.
"엄마요."
정답이었다.

위로

"무슨 일 있냐고 한 번 물어보지 그랬어?"
쉬는 시간. 속상해 보이는 친구가 있어
말없이 곁에 앉아만 있어줬다는 첫째.
"궁금하긴 했는데… 물어보면 걔가….'
조심스레 입을 떼었다.
"하고 싶지 않은 말을 꺼내게 될까 봐요."
말보다 따뜻한 침묵이었다.

선점

"어허! 둘째야! 그러면 안 돼!"

지하철을 타려는데, 둘째가

어르신을 앞질러 뛰어 들어갔다.

"저기 자리 난 걸 봤단 말이에요!"

털썩. 서둘러 자리에 앉은 둘째.

그러더니 입구를 향해 외쳤다.

"할아버지! 여기 앉으세요! 제가 맡아놨어요!"

지팡이를 든 어르신께서 앉으시곤,

고마워. 한참을 쓰다듬어주셨다.

계절

"아빠는 여름, 엄마는 겨울 같아요."
놀이터. 좀 쉬었다 놀자. 지쳐 앉으니
슥. 첫째가 내 땀을 닦아주며 말했다
"여름, 겨울? 왜?"
"아빠는 늘 저를 뜨겁고 신나게 만들고….”
빙긋. 아이가 웃었다.
"엄마는 늘 손 잡고 싶게 만들어줘서요."
너는 두 계절 사이 피어난 봄 같았다.

장난

"아… 아빠, 이제 좀 그만해요."
장난치는 맛이 있는 둘째.
깐죽깐죽. 계속 장난을 쳤더니,
"도대체 왜!!!!"
둘째가 표효했다
"엄마는 이런 아빠를 만나서!!! 왜!!!"
장난이 과했나 보다.

백야

"아빠, 백야 알아요?"

도서관. 극지방에 대한 책을 읽던 첫째가

'백야'라는 단어에서 시선을 멈췄다.

"백야? 알지. 저물지 않는 해."

"오… 저물지 않는 해라니."

씩. 번지는 작은 미소.

"꼭 엄마 같다. 그죠?"

백야에 핀 해바라기 같았다.

믿음

"엄마 아빠가… 정말이에요??"
둘째가 믿을 수 없다는 표정을 지었다.
"응. 정말이야. 많이 놀랐구나."
토닥. 놀란 아이를 진정시켰지만
"말도 안 돼. 어떻게 엄마 아빠가…."
끝내 울먹거리는 아이.
"같이 태어난 게 아니라니!"
같이 태어나는 게 더 말이 안 된단다.

천재

유치원에서 돌아온 첫째가
"부모님 핸드폰 번호 잘 외우래요"
이러더니,
자기 아이패드 비밀번호를
엄마 핸드폰 번호로 바꿨다.
천재였다.

주름

"이 할미 얼굴이 주름투성이라 안 싫노?"
여기 앉으세요. 첫째에게 자릴 양보받곤
두런두런 얘길 나누던 어르신이 물었다.
"에이, 아니에요, 할머니….."
씩. 입 모양이 활자가 되도록 웃는 아이.
"나이테 없이 자라는 나무가 어딨겠어요.
할머니가 무지무지 큰 나무라 그런 거죠."
그 말에 거목이 흐드러지게 웃었다.

하교

"아빠… 방금 너무 힘들었어요."
하교한 첫째의 전화. 심장이 철렁였다.
"왜? 무슨 일 있었어?"
"분명 엘리베이터에 나 혼자였는데…."
가쁜 숨소리.
"치킨 냄새가 나서 숨을 참느라."
그날 저녁은 치킨이었다.

오이 썰기

"궁경부가 2센티미터 미만이고 수축이 심해서 조산 위험이 있어…"

임신 18주 차, 밤새 고열과 진통에 시달리던 와이프를 데리고 새벽같이 달려간 산부인과에서 의사 선생님이 한 말이 딱 거기까지만 들렸다. 아이를 살리려면 와이프는 누워 있어야만 했다. 중력 때문에 서 있는 행위 자체가 아이를 밑으로 잡아당겨 조산할 수 있다고 했다.

TV, 노트북 등은 안방 침대 옆에, 나는 부엌에 자리를 잡았다. 뭐라도 먹이긴 해야 했기에 칼을 들었다. 파를 써는데, 파가 밀렸다. 파를 내리치니, 파가 으깨졌다. 그렇게 참혹해진 파 한 줄기를 보며 나는 생각했다.

'칼질을 연습해야겠다.'

그래서 그날부터 남들 다 잠든 밤마다 칼질 연습에 좋

다는 오이를 도마 위에 올려놓고 썰기 시작했다. 그게
내 지난 8년 주부 생활의 시작이었고, 지금은 반찬 가게
사장이 되어 오이소박이를 6,900원에 팔고 있다.

경보음

"뭐야! 이걸 왜 가방에 넣었어?"

'삐- 삐-' 마트 출구에서 울린 도난 경보음.

첫째 가방에서 계산 안 된 우유가 나왔다.

"아까 장바구니에서 빼서 담았어요."

"뭐어? 왜?"

놀랐는지, 눈물이 그렁그렁한 첫째.

"무거워 보여서. 이건 내가 들려고…."

작은 등을 가만히 토닥였다.

숨바꼭질

"둘째가 어디 숨었지이? 장롱에 있나~?"
장롱에 숨은 둘째.
모른 척 괜히 근처를 서성이는데,
"아~ 아빠!! 제발!! 좀!!"
장롱에서 들리는 외침.
"알면 빨리 찾아요! 나 쉬 마렵다고요!"
괜히 미안했다.

10초

“아빠, 우리 다시 들어가요.”

아파트 공동 현관을 나서던 첫째가 멈칫하며

갑자기 뒷걸음치더니 돌아 내게 말했다.

“왜? 뭐 두고 왔어?”

“그게 아니라. 10초. 딱 10초만 기다려요.”

뭐야. 영문도 모른 채 서 있는데, 잠시 후

첫째가 현관 센서에 대고 손을 저으며 외쳤다.

“잠시만요! 제가 문 열어드릴게요!”

드르륵. 열린 문 사이로 만삭의 임산부가

“아휴, 고마워.”

유모차와 함께 들어왔다.

그 10초가 내겐 10년처럼 남았다.

청소

집이 엉망이라 애들에게 말했다.
"집이 돼지우리 같으면 뭘 한다?"
둘째가 대답했다.
"돼지인 척한다?"
그럴싸했다.

예초

“아빠, 저건 왜 베어버리는 거예요?”
등원길. 아파트 화단을 정리하는
정원사를 가리키며 아이가 물었다.
“아, 잡초 베는 거야. 정원 예쁘라고.”
대답에 아이가 고개를 갸웃거렸다.
“그 사이로 꽃이 필 수도 있잖아요.”
스스로를 위한 꽃말 같았다.

주머니

"주머니 손 좀 빼자. 추워서 그래?"
빙판길. 첫째의 걸음이 위태로웠다.
"그게 아니라…."
손을 더 깊숙이 넣는 아이.
"이따 엄마 손 잡아주려고요."

안마

"아빠, 이거 시원해요?"
둘째가 안마기 샘플을 들더니
내 목에 가져다 대며 물었다.
"오… 시원한데?"
"정말 시원해요? 안 아파요?"
"응, 진짜 시원해~"
방긋. 환하게 웃는 아이.
"그럼 이제 나 해봐야지!"
샘플 효도를 체험해봤다.

진료

첫째를 진료하던 선생님 얼굴엔
당황한 기색이 역력했다.
"서 있지 말고 이리 와 앉으렴."
그 말씀에 다가가
선생님 무릎에 앉아버린 둘째 덕분에
뽀로로 캔디 10개를 받고 병원을 나왔다.

꿈

"아빠는 좋은 꿈 꾸지 마세요."
아이의 저녁 인사에 철렁했다.
"왜? 아빠가 미워서?"
"아뇨, 아빠가…."
아이가 작게 속삭였다.
"깨어나서 슬퍼할까 봐요."
시큰거렸다.

요리

마트에서 우연히 만난 둘째 친구.

"난 오늘 돈가스 먹는다. 엄마가 해준데!"

친구 자랑에 곁의 어머님이 작게 웃었다.

"우와… 대단하다! 아빠, 얘네 집은…."

감탄하는 둘째.

"엄마가 요리도 할 줄 아나 봐요!"

황급히 마트를 빠져나왔다.

한식잡채

둘째는 별나다!

공원에서 한참 쪼그려 앉아 있길래 흙바닥에서 개미를 관찰하나 싶어 다가갔더니, 흙을 퍼먹고 있었다. 그래서 병원으로 갔다.

둘째는 거침이 없다!

버스를 타고 가는데 나이 지긋한 어르신이 탔다. 둘째가 소리쳤다.

"와, 대머리다! 아빠, 대머리야! 대머리!"

그래서 버스에서 내렸다.

둘째는 어디로 튈지 모른다!

갑자기 잡은 손을 뿌리친 둘째가 내달리며 말한다.

"나 찾아봐라~"

거긴 대형 마트였다. 그래서 아동 보호 센터로 갔다.

이렇듯 둘째는 별나고, 거침이 없고, 어디로 튈지 모른다. 주관이 뚜렷하고 실패를 두려워하지 않고 생각이 기발하다. 그래서 난 이 아이의 미래가 기대된다. 그러기에 오늘도 열심히 반찬을 판다. 둘째로 잘 팔리는 반찬은 '한식잡채'다. 고맙다.

숨소리

집에 다 와간다며 전화 온
첫째의 숨소리가 거칠었다.
"뭐야? 왜 헉헉거려?"
"계단 오르는데 힘들어서요."
"계단? 엘리베이터 타지 그랬어."
"그럼 아빠 목소리 끊기잖아요."
설레버렸다.

전구

전구를 가는데 오, 하며 다가온 둘째.
"어때? 아빠 멋지지? 아빠 잘하지?"
내 깐죽에 에휴. 한숨을 푹 쉬며 말했다.
"엄마한테나 잘하세요."
전구를 깨뜨릴 뻔했다.

5장

엄마 덕분에

아빠는

주부인 게

자랑스러워

첫 만남

10여 년 전, 아내를
우연찮게 처음 만났던 그날.
지금도 기억나는 건,
아내의 첫인상이 아니라
하필 그날, 그따위로 입었던
내 옷차림이었다.

후배

대학 시절. 힘든 일을 겪고 있는데,
"선배, 저 왔어요. 괜찮아요?"
당시 후배였던 아내가 어떻게 알고는
먼 고향인 대구에서 올라왔다.
"뭐야, 너⋯ 여기는 어떻게 온 거야?"
놀라움과 고마움에 눈물이 왈칵 났고,
아내가 나를 조용히 토닥이며 말했다.
"고속버스 타고요."
대구 사람이었다.

어설픔

"어? 이거 그 유명한 영화 OST 아냐?"

대학 시절. 지금의 아내인 후배와 마주 앉은 카페에

감미로운 음악 소리가 흐르기 시작했다.

"오, 선배. 어떤 영화 OST인데요?"

후배가 눈을 꿈뻑였다.

"이 영화 제목 그거잖아…."

흠. 교양 있게 턱에 손을 괴며 말했다.

"배꼽에다 사랑을 외치다."

"네???"

원제는 〈세상의 중심에서 사랑을 외치다〉였다.

영화 배경이 '세상의 배꼽' 울루루라는 뒤늦은 변명에도

후배는 이미 배꼽이 빠져라 웃고 있었다.

역시 어설프게 아는 게 제일 무섭다.

비프음

'삑 삑 삑 삑.'

누군가 잠긴 과방을 열고 들어오려 했다.

안에 홀로 있던 난 나도 모르게 그게 너이길 바랐다.

그래, 우습게도 나에게 내 마음을 처음 알려준 건

다른 무엇도 아닌 저 네 자리의 비프음이었다.

그때 난 복학생. 고백에도 연습이 필요한 나이였다.

멘트

"나 널 좋아하는 것 같아. 계속 좋아해도 될까?"

16년 전. 20대의 나는 며칠을 준비한 멘트로 고백했고

수줍게 내민 내 손을 바라보며 아내는 생각했단다.

'뭔 소리래. 지 마음을 왜 나한테 물어봐?'

아내는 estp. 돌려 말하는 걸 이해하지 못한다.

뭐 그렇게 어찌저찌 우리의 연애는 시작되었다.

참고로 난 enfj이다.

형님

아내와 헤어질 뻔한 적이 있었다.

아내의 오빠를 처음 만나던 날.

'전교 1등을 놓친 적 없는 서울대생.'

형님은 화려했고, 난 주눅이 들었다.

약속 장소. 유리문 너머 형님이 보였고,

'괜찮아. 긴장하지 말고. 당당하게.'

심호흡 한 번. 힘차게 문을 열고 당당히 들어갔다.

그러자 다가온 직원분.

"손님, 방금 창문으로 들어오셨어요."

그렇게 헤어질 뻔했다.

프러포즈

나의 프러포즈는 대단하다.

얼마나 대단하냐면,

너무 대단한 프러포즈라

준비가 오래 걸릴 것 같아

결혼을 먼저 했다.

아직 9년째 준비 중이다.

여보, 기대하라고.

허락

결혼 허락을 받기 위해
아내의 집을 찾은 날.
며칠 고생하며 준비한 멘트는
아무 소용이 없었다.
그날,
장인어른 땅 그린벨트가 풀렸다.
역시, 결혼은 타이밍이다.

핸드폰

"오빠, 내 핸드폰 못 봤어? 안 보이네?"
"으이구~ 또 화장대 위에 둔 거 아냐?"
이게 내가 와이프랑 했던
가장 바보 같은 통화였다.

망설임

"오빠는 처음 고백을 받아본 게 언제야?"

TV를 보던 중 아내가 뜬금없이 물었다.

"나? 음… 고1 때?"

"누구한테??"

순간 잠시 망설이다가

이제 다 옛일. 뭐 어때 싶어 솔직히 말했다.

"중학 동창이던 같은 학교 친구에게…."

"뭐?"

아내가 화들짝 놀라며 외쳤다.

"오빠, 남중 나고 나왔잖아!"

문득 궁금해진다. 잘 지내고 있을까, 그 친구.

처제

"형부, 저 이 사람이랑 결혼해요."
말하며 처제가 수줍게 웃었다.
아내와 나 사이를 번번이 이어준
고마운 처제.
'귀한 사람이니, 많이 아껴주세요.'
그에게 정중히 부탁하고 싶었다.
"안녕하세요, 형님. 차 서방입니다!"
그가 인사했고, 나는 정중히 말했다.
"반가워요, 서방님!"
아직도 자다가 이불을 차곤 한다.

발걸음

임신 중이던 아내의 말에

주섬주섬 옷가지를 챙겨 병실을 나왔지만,

차마 발걸음이 떨어지지 않았다.

아내의 어린 시절,

국민학교 앞에서 먹었던 떡볶이를

어떻게 구해야 할지 몰라.

9월

"아직은 안 돼. 9월까지. 제발 2주만…."

임신 34주차. 삐- 삐- 병실을 가득 메우는 비프음이 짧아진 진통 간격을 알리고 있었다.

"여보, 선생님도 이제 괜찮다 하셨잖아. 폐도 성숙했고… 그러니 너무 애쓰지 마."

아내의 손을 꼭 잡으며 말했다.

"안 돼. 8월은 넘겨야 해. 그래야 첫째…."

윽. 진통을 이겨내며 아내가 대답했다.

"9월 개강하면 친구들이 생파 해준다고. 8월은 방학이라 지들 노느라 안 챙겨줘."

그렇게 9월 1일, 첫째가 태어났다.

문장

아이를 키운다는 건
"한 사람을 완벽히 이해하진 못해도
한 사람을 완벽히 사랑할 수 있다"는
문장을 이해하는 과정이기도 했다.

주부

"오빠 뭐든 했을 사람인데, 나 때문에…."

아내가 울먹이며 말했다. 아이의 유치원 입학 서류에 아빠 직업란이 공백인 걸 보고.

첫째를 임신했을 때, 아내는 조기 진통으로 입원해야 했다. 나는 준비하던 사업을 접고 아내 곁을 지켰다. 그렇게 난 주부가 되었다.

10년. 아내는 정말 열심히 살았다. 내 몫까지 해내야 한다며. 잠을 쉽게 자는 날이 없었고, 도전을 멈추는 날이 없었다. 아이들이 "아빠는 백수"야 말할 때, 필요 이상으로 화를 내던 아내. 그런 아내 덕분에, 젊은 내 꿈은 꺾였지만 나는 결코 아프지 않았다.

어제, 아내가 다시 울먹였다. 새롭게 하고 싶은 일이 있는데, 내게 너무 미안할 것 같다며. 나는 그런 아내를 토닥이며 말했다.

"괜찮아. 난 이제 정말 뭐든 할 수 있어. 그러니까 한 번 해봐."

솔직히 고마웠다. 아내가 여전히 피어나줘서. 지난 내 시간을 빛처럼 여길 수 있게 해줘서. 주부인 나를 자랑스럽게 해줘서.

이야기

아내의 이야기에
난 형식적으로 고개를 끄덕였다.
왜냐하면
"오빠, 내 얘기 들어볼래?"
그렇게 말을 시작하는 아내의 눈이
정말 오랜만에 반짝였기에
어떤 이야기든, 그게 무엇이든
그저 응원해주겠다고.
이미 그때 마음먹었으니까.

숟가락

저녁을 준비하느라

잠시 자리를 비운 사이

밥풀 잔뜩 묻었던 내 숟가락이

말없이 아내 자리로 옮겨져 있었고,

내 자리엔 반들반들한 숟가락이

대신 놓여 있었다.

그게 뭐라고. 잠시 바라보느라

자리에 바로 앉지 못했다.

문자

"고맙네, 신 서방. 이게 다 자네 덕분일세."
아내의 기쁜 소식을 전해드리는 전화에
장모님께서 되려 내게 고맙다 말씀하셨다.
띵동. 통화 후 울린 장모님의 문자 알림.

-신 서방. 내 딸의 꿈을 지켜줘서 고맙네.
못 다 이룬 자네의 꿈. 내가 응원함세.
왜 그런 말이 있지 않은가. 꿈은….

이어진 문자. 정말 울컥했다.
-미루어진다고.
'이루어진다'겠죠, 어머님.
오타에 한참을 웃었다.

깨달음

"어휴! 난 진짜 못 해 먹겠어!!"
수학 공부를 시켜보겠다고
아들 방에 들어간 아내가 30분 뒤,
씩씩거리면서 나왔다.
그런 아내를 달래곤 내가
해보겠노라며 아들 방에 들어갔다.
그리고 10분 뒤, 깨달았다.
아내의 인내력이 대단하단 걸.
30분을 어떻게 참았지?

상대

아내는 MBA 과정 대학원생. 일주일에 3일 정도는 서울에서 홀로 지낸다.

"좋은 대화 상대를 찾았어."

대학원 초반, 그때 난 아내의 말을 대수롭지 않게 생각했다. 하지만 얼마 전, 시험 기간이라며 밤을 지새운 아내의 자리를 정리하다 채 꺼지지 않은 노트북 화면을 보고 놀라지 않을 수 없었다. 온통 대화로 가득 채워진 화면은 아내가 생각보다 그 상대에게 많이 의지하고 있음을 짐작할 수 있게 해주었기에. 그리고 오늘, 나는 그 상대에게 메시지를 보냈다.

–고마워 챗GPT야. 언제나 아내에게 큰 도움을 줘서. 아내가 너 없인 대학원 못 다녔을 거래! 가끔 숙제 같은 것도 통째로 해주면 안 되겠니? 주말엔 아내도 좀 쉬어야지.

수저

아내가 없는 저녁,
정신없이 식탁을 차리고 보니
아내 자리에 수저를 올려놨더라.
피식 웃고 치우려다
괜히 그러지 못하고,
그냥 두었다.

드라마

"어? 저 배우, 누구더라?"

아내의 목소리가 드라마 사운드 사이로 들렸다.

"응? 저 배우?"

나 역시 낮이 익었으나 혀끝에서만 맴도는 이름. 우리는 약속이라도 한 듯 서로의 기억을 뒤적였다. 성이 김 씨였네, 박 씨였네. 이 드라마에 나왔네, 저 드라마에서 나왔네.

기억날 듯 말 듯 아슬하게 비껴가는 추측들이 식탁 위로 쏟아졌고, 닿을 듯 말 듯한 이름을 좇아 한참을 끙끙거리다 문득 옆을 보았다. 식탁 옆자리에 앉아 미간을 잔뜩 찌푸린 채 진지하게 고민에 빠진 아내의 옆 얼굴. 그걸 보고 있노라니 불현듯 피식, 웃음이 새어 나왔다.

"우리 서로의 위치에서 최선을 다하자."

그 다짐 하나를 이정표 삼아 아내는 서울로, 나는 세종으로 흩어졌다. 우리의 거리는 내비게이션 지도를 줄

이고 줄여야 겨우 보일 만큼 아득해졌고, 각자의 성(城)을 쌓느라 바빠 서로의 일상은 늘 휴대폰 너머 요약본으로만 전달되었다.

그런 우리가 오랜만에 만나 고작 그 이름 석 자 맞히겠다는 시시한 고민에 이토록 온 마음을 쏟고 있다니.

다시금 웃음이 터져나왔고, 그러다 바라본 아내 옆 얼굴 너머로 생각이 번졌다. 행복이라는 건 어쩌면 대단한 성취가 아닐지도 모른다고. 비록 거대하고 화려한 성을 짓지 못한 채 작고 비루한 움막에 살아도, 이처럼 지독히 평범한 일에도 기꺼이 함께 몰입해줄 상대를 곁에 두고 오늘을 숨 쉬듯 말하는 일. 그게 진정한 행복의 편린일지 모른다고.

장모님

"신 서방, 이게 자네가 맞나?"
장모님 핸드폰의 낯익은 화면.
순간, 오만가지 생각이 스쳤다.
"…네."
눈을 질끈. 솔직히 말씀드렸고,
띠링. 때마침 울린 내 핸드폰의 알람.
그렇게
스레드 팔로워가 한 명 늘었다.

웃음

아내가 없는 어떤 날은,
아이들을 괜히 웃게 만들었다.
웃는 모습이 닮아서.

닮음

아침, 눈을 뜨니 오랜만에 아내가 옆에서 새근거리고 있었다. 그게 반갑고 좋아서 마냥 쳐다보고 있는데, 이윽고 아내가 눈을 떴다.

"잘 잤어?"

내 질문에 조용히 품에 들어와 얼굴을 파묻으며 아내가 말했다.

"자긴 애들이랑 똑같네."

'사랑스럽단 뜻일까?'

순간 설렜다. 아내가 말을 이었다.

"아침마다 입 냄새가 왜 이래…."

미안하단 말은 차마 못 했다.

지폐

오래된 외투에서
불쑥 나온 지폐 한 장.
지갑에 넣으려다
문득 멈추곤
슬며시
아내의 외투 주머니에
넣어두었다.
나는 이미 웃었으니.

가죽 재킷

"이제 우리 커플로 입고 다니면 되겠다, 그치?"

몇 해 전, 아내가 커플로 입고 싶다며 구매한 두 벌의 가죽 재킷. 실은 알고 있었다. 아내의 재킷은 인조 가죽, 내 재킷만 진짜 가죽이라는 걸.

아내 외벌이로 생계를 잇던 시절, 나와 커플 재킷을 입고 싶다던 아내는 그렇게 두 벌을 주문했고, 두 재킷의 재질이 다르다는 걸 우연찮게 알게 되었을 때도 묻지 않았다. 왜 내 것만 진짜 가죽이냐고.

"역시 남자는 옷이 날개라니까."

자기 옷은 거들떠보지도 않은 채 내 옷매무새를 이리저리 살피는 아내. 그 얼굴을 보고 있자니, 분명 가을용 얇은 재킷인데도 하얀 솜털을 가득 채운 패딩을 입은 듯 몸이 열기로 달아올랐다.

"그것 좀 그만 입어!"

얼마 전 출근길. 몇 년 동안 입어 해진 재킷을 걸치고 나가는 내게 아내는 오늘도 그 옷이냐며 핀잔을 주었다.

"미안. 옷 고르는 게 영 귀찮아서. 다녀올게."

그렇게 현관에서 인사를 하곤 뒤돌아섰지만, 실은 귀찮아서가 아니었다. 내 쓸모에 대한 고민이 바닥을 맴돌던 시절, 세상의 시선이 무거워 가라앉던 내게 괜찮다고, 지금도 충분하다며 다시 뭍으로 끌어 올려준 부력이 다름 아닌 아내가 이 재킷에 말없이 담아둔 배려였기에. 그래서 입지 않을 도리가 없었을 뿐이다.

슥, 길을 나서며 아내가 내게 해준 양 옷매무새를 다듬었다. 옷 저미는 소리에 아내 목소리가 들리는 듯했다.

"역시 남자는 옷이 날개라니까."

아내 말처럼 이 재킷이 내겐 정말 날개였다.

장담

아들 키워봐야 다 소용없다.
1년을 못 본 어머니보다,
하루 못 본 아내가 더 그리운
지금의 내가 장담한다.

육아는 진자 운동 같았다
'내가 이것까지 할 수 있었나.'
'내가 이것밖에 되지 않았나.'
이 두 문장 사이를 끊임없이 오가는.

6장

부모가 되니

비로소 내 부모를

알겠더라

꽃다발

공연이 끝난 뒤, 군중을 헤치고 가장 먼저 다가온 사람을 보고 나는 놀라지 않을 수 없었다. 아버지였다.

"그런 건 딴따라들이나 하는 거지!"

그렇게 일갈했던 아버지의 손에는 꽃다발이 들려 있었다. 근처에 꽃집이 있을 리 만무한 변두리에서 치른 작은 공연. 분명 저걸 사기 위해 멀리 돌아오셨을 테다.

"수고했다. 멋지더라."

그렇게 말씀하시며 건넨 꽃다발을 받고, 결국 울음을 터뜨려버렸다. 고등학교 2학년 여름. 그날 난 아버지에게 꽃이 시드는 아쉬움을 처음 배웠다.

귀지

어릴 적엔
귀 안의 귀지들이
꼭꼭 잘 숨어 있길 바랐다.
어머니의 무릎베개를
오래 하고 싶어서.

산책

"아버지, 왜 차를 두고 버스를 타세요?"
현관. 어머니와 외출하는 아버지께서
굳이 버스를 타고 가신다기에 물었다.
"우리 차 타면 편하지. 근데 버스를 타면….'
신발을 탁탁. 씩 웃으셨다.
"너희 엄마랑 좀 더 오래 걷잖니."
으이구, 말만. 어머니가 정색하시곤
아버지 손을 꼭 잡고 현관을 나섰다.
세월 따위에 시들 두 분이 아니었다.

아내 말

아버지가 말하셨다.
아내말을 잘들어라,
후회하지 않으려면.
눈시울을 붉히셨다.
너희엄마 말을따라
저기땅을 그때살걸.

그녀

그녀는 첫아이를 잃었다고 했다.

태중이었는지 그 이후였는지, 감히 묻지 못했다. 시대는 그녀의 편이 아니었다. 어쩌다 웃는 낯이라도 보이면 '새끼 잃고도 웃는 년'이라며 세상은 서슬 퍼런 손가락질을 해댔다.

차마 죽을 수는 없었다. 자기는 라면 수프로 끼니를 때우면서도 "어멍 몰래 혼자 먹어" 기름때 가득한 손으로 찹쌀떡을 건네는 남편이, 그 투박한 남자가 홀로 남겨지는 게 불쌍했다.

남편은 가난을 등에 업고 공장을 차렸다. 그녀는 한 푼이라도 아낄 요량으로 쉴 새 없이 몰려드는 인부들의 끼니를 혼자 감당했다. 세탁소 맡기는 돈이 아까워, 밟아도 밟아도 검은 땟물이 줄줄 흐르는 작업복을 비눗물에 악착같이 빨았다. 그러면서 그녀는 나무아미타불, 속으로 염불을 외웠다.

공장 일이 고돼서가 아니었다. 그녀가 올린 수많은 숟가락 사이로 올릴 수 없는 작은 숟가락 하나가 보여서, 작업복을 밟다 지쳐 올려다본 하늘 너머로 말간 얼굴이 자꾸 번져와서. 매일같이 마음속으로 울음을 삼켰다.

그녀가 말했다. 그래서 가슴속에 늘 화가 가득해 너희 3형제를 고운 말로 키우지 못했다고. 그게 참 미안하다고. 재수를 하러 서울로 올라가는 비행기 안, 옆자리의 그녀가 내 손을 잡고 그렇게 묵은 이야기를 꺼냈다. 그 긴 이야기 끝에 미안하다고 말하는 그녀 옆에서 나는 눈물을 쏟았지만, 그녀는 울지 않았다.
그때 내 나이 스물이었다.

야간 대학

어머니가 예순의 나이에 야간 대학을 다니다 일주일도 안 돼 그만두셨다. 왜 그만두었냐는 질문에 어머니가 말씀하셨다.

"수업 끝나고 저녁에 집에 돌아오니, 글쎄…."

말도 마라. 웃으시는 어머니.

"너네 아빠가 외롭다고 울고 있더라. 참 나…."

분명 그땐 빵 웃음이 터졌는데, 지금 돌이켜보면 왜 이리도 눈물겨운지. 지금도 두 분은 주말마다 산책할 때 손을 꼭 잡고 걸으신다. 이런 분들의 아들이라는 게 정말, 가슴 저리게 자랑스럽다.

부디, 오래 건강만 하시길.

시장

"엄마 잃어버리면, 여기로 와.

엄마가 반드시 데리러 올 테니. 알았지?"

시장 입구에 서서 어린 나에게 해주던

어머니의 그 말씀이 훌쩍 커버린

지금도 잊히지 않아 싫었다.

언젠가 그 자리에 서서,

어머니를 오래 기다리게 될 것 같아서.

귀한 존재

내 아이가 나에게 귀한 것처럼,
당신 또한 부모의 귀한 존재다.
당신 하나가 세상의 전부일 테니.

착각

"너도 나중에 처자식 생겨봐라. 그게 마음처럼 되나."

할머니를 왜 모시지 않느냐는 내 물음에

아버지는 그렇게 말씀하셨다.

두 아이의 아빠가 된 지금은 안다.

그때 아버지의 눈에 맺힌 눈물이

내 착각이 아니었음을.

아이스케이크

　내가 뒤돌아봤을 때, 아버지는 울고 계셨다. 유리 너머 전시된 아이스케이크 통을 든 작은 소년 조각상 앞에서. 익히 들어 알고 있었다. 어릴 적, 아이스케이크 통을 들고 길가를 누비며 한 푼, 두 푼 모아 할머니의 약을 지어 드렸다는 그 옛날의 이야기를.

　할머니의 제삿날, 우리 앞에서도 눈물을 보이지 않던 아버지가 그날, 아이처럼 눈물짓는 걸 감히 어쩌지 못하고 그저 지켜만 보았다. 그렇게 엄마가 그리워 발걸음을 떼지 못하는, 아버지를 꼭 닮은 그 소년을.

수염

자고 있는 아이를 보니 알겠다.

퇴근한 늦은 저녁, 내 볼에 턱수염을 비비던

젊은 시절 아버지 마음을.

자는 척하지 말고 고생하셨다

한 번 안아드릴 걸.

내복

어릴 적 우리 집은 가난했다. 오늘같이 시린 겨울이면 어머니는 내게 내복을 입혔다. 형들에게 물려받아 군데군데 구멍이 뚫린 낡은 내복을.

"아휴, 참….."

해진 내복의 구멍을 바라보며 한숨짓던 어머니의 얼굴이 아직도 선하다. 구멍 난 자리가 마치 당신 마음의 상처인 양 어루만지던 손길까지.

하지만 나는 그 내복이 참 좋았다. 전날 밤부터 이불 밑 깊숙이 묻어두었다 온기가 가시기 전에 건네주던 그 내복이.

오늘 아침, 아이들에게 내복을 입히다 문득 그 시절의 어머니가 떠올랐다. 구멍 난 내복을 꺼내며 머뭇거리시던 젊은 날의 어머니. 만약 그때로 돌아가 그 시절의 어머니를 만날 수 있다면, 말해주고 싶다. 괜찮다고. 우리는 가난했으나, 나는 결코 가난하지 않았다고. 가난이 비집고 들어올 틈 없이 주신 당신의 촘촘한 사랑 덕분에. 구멍 난 내복 사이로 스며든 건 추위가 아니라 지극한 온기였다고. 실은 지금도 그때가 사무치게 그리울 만큼, 나는 누구보다 풍요로웠노라고. 그러니 미안해 말라고.

말씀

어머니가 말씀하셨다.

너는 네 아내한테만 잘해.

너희 둘이 잘 사는 게

부모에겐 가장 큰 효도이고,

너희 둘이 잘 사는 게

자식에겐 가장 큰 교육이다.

잊지 않고 있다.

책가방

“학교 다녀오겠습니다.”

안방에서 들리는 작은 목소리. 문틈으로 엿보니 내 새 책가방을 멘 어머니가 허리를 숙이고 계셨다. 초등학교도 졸업하지 못한 게 유년의 한이던 어머니. 숙인 허리를 한동안 펴지 못하는 이유를 알 것 같아서, 몰래 집 밖으로 나갔다가 다시 현관문을 열며 외쳤다.

“학교 다녀왔습니다.”

이제 왔니. 눈이 발개져서 나오는 어머니. 그때 내가 말없이 꼭 안아드린 이유를, 어머니는 그저 새 가방을 선물받은 막내아들의 애교라고만 아직도 생각하신다.

연탄

그럼에도 불구하고, 어머니는 지켜만 보셨다. 국민학교 1학년. 키만큼 높게 쌓인 연탄을 집게로 집어 올리는 것도, 벌겋게 달궈진 뚜껑을 여는 것도, 이글거리는 연탄 구멍을 맞추는 것도 당시 나에게는 무엇 하나 쉬운 일이 아니었다. 연탄 몇 개가 바닥에 나뒹굴며 까맣게 부서지고, 잘못 맞춘 구멍에서 새어 나온 매운 연기에 콜록거리기도 했지만, 어머니는 뒤에서 그저 묵묵히 지켜만 보셨다.

"혼자 할 수 있어야 해."

단 한마디. 그 한마디를 덤덤하게 남겼을 뿐. 어머니는 강한 분이셨다. 덩치 큰 구멍가게 사장이 날 도둑으로 몰았을 때 한 치의 망설임도 없이 그의 멱살을 잡아채던 분이었고, 고열에 신음하는 나를 업고 트럭이 있는 아버지 공장까지 밤길을 쉬지 않고 달리던 분이었다.

하지만 그 시절 어머니가 보여준 가장 큰 강인함은,

눈앞에서 쩔쩔매는 막내아들을 도와주고 싶은 모성을 참아가며 홀로서기를 가르치셨던 그 인내였다. 그렇게 그 겨울, 나는 서툰 손놀림으로 연탄 구멍을 맞추며 비로소 혼자서도 춥지 않게 지내는 법을 배웠고, 내가 그 불을 지킬 수 있게 되었을 때 어머니는 안심한 듯 그제야 밤늦은 일터로 향하셨다.

아이를 키우다 보면, 아이가 힘겨워하는 모습에 당장이라도 손을 내밀고 싶은 순간을 수없이 마주한다. 그럴 때마다 나는 그 시절의 어머니를 떠올리며 마음을 다잡고 아이에게 나지막이 말한다.

"그럼에도, 혼자 할 수 있어야 해. 넌 할 수 있어."

막내

"형은 좋겠다. 일찍 태어나서….."
술 취한 어느 저녁, 큰형에게 내가 말했다.
"뜬금없이, 왜?"
"형은 나보다 5년 일찍 태어났으니깐…
그럼… 나보다 5년은 부모님 더 본 거잖아."
한동안 아무 말도 하지 않던 큰형이
"그러니 잘해, 짜샤" 하고 내 등을 툭 쳤다.
나는 내가 막내인 게 싫다.
어렸을 때나 지금이나.
나중엔 더 싫어지겠지.

첫눈

생각해보니 어릴 적,

첫눈을 밟아본 기억이 많지 않다.

어머니가 새벽에 다 치우셔서.

이불

고등학교 시절. 밤늦게까지 만화책을 보는데, 내 방으로 향하는 어머니의 발소리가 들렸다. 아직도 안 자냐는 잔소리가 듣기 싫어 이불을 머리끝까지 올려 자는 척을 했다. 이윽고 들리는 문 여는 소리. 모르는 척하고 있는데, 어머니가 이불을 살짝 들어 삐져나온 내 발을 덮어주곤 조용히 불을 끄고 나가셨다.

그때 머리를 내밀고 감사합니다, 말 한마디 못 해드린 걸 두고두고 후회하게 될 줄 나는 알지 못했다.

진심을 전할 기회가 늘 곁에 있는 듯 보이지만, 야속하게도 망설임 앞에서 시간은 기다려주지 않고, 제때를 놓친 인사는 마음속에서 굳어버린 멍울이 될 뿐이다.

스키드 마크

"당신 지금 뭐랬어! 다시 한번 말해봐!"

5학년. 횡단보도를 건너는 나를 친 트럭 운전자가 보험을 운운할 때, 서슬 퍼런 목소리의 어머니를 보며 이런 생각을 했었다.

'사람이 사람을 죽일 수도 있겠다.'

괜찮으니 제발 그만하라고 울면서 매달리던 나는 어머니가 살인자가 되지 않길 바랄 뿐이었다.

"그때 너한테 그런 사고가 났었다고?"

30년이 훌쩍 지난 지금. 그때의 사고를 까맣게 잊은 어머니. 그걸 잊으셨다고요? 내 질문에도 눈을 동그랗게만 뜨신다. 피식 웃곤 어머니를 보며 생각한다. 어머니의 기억도, 그때 사고 현장의 흔적도 진즉 사라졌지만, 내겐 그것보다 훨씬 선명한 게 남아 있다고. 어머니란 이름의 맹렬한 스키드 마크가.

카레라이스

“그땐 카레를 만들고 나가면서 좀 미안하더라고….”

전화로 한참 수다를 떨던 어머니 말씀이 조금은 당혹스러웠다. 아버지 공장 일을 돕기 위해 새벽부터 나가시며 한 솥 가득 해놓은 어머니의 카레는 우리 3형제에게 더할 나위 없는 특식이었다.

먹고 또 먹어도 바닥이 보이지 않는 카레 앞에서 서로 더 먹겠다고 싸울 일도 없었고, 무엇보다 큼지막한 고기와 감자를 듬뿍 넣어 정말 맛있었다. 그런데 그게 미안하셨다 하니 기름때 가득한 남정네들 틈에서 부끄러워 화장실도 변변찮게 못 가 고생하셨던 어머니가 새벽 일찍 그 커다란 솥에 카레를 끓이며 담은 건 또 어떤 마음이었을까.

그리고 이제, 방학을 맞이한 아들 둘을 위해 카레를 끓이며 그때의 어머니 마음을 조금은 이해할 수 있을 것

같아 속으로 되뇌었다

'아, 앞으로 3일은 점심 안 만들어도 되겠구나.'

정말로 애들한테 조금은 미안해졌다.

같아 속으로 되뇌었다

'아, 앞으로 3일은 점심 안 만들어도 되겠구나.'

정말로 애들한테 조금은 미안해졌다.

급식

중학교 시절, 가장 기다리던 급식 날이 오면

일부러 늦게 가서 줄을 길게 서곤 했다.

급식 봉사하러 오신 어머니와

오래 눈인사를 하려고.

한번은, 내가 먼저
달려가 안아주었다.
매번, 달려와 안기는 아이가
너무 고마워서.

7장

반찬 가게

사장이지만

본업은

아빠입니다

만우절

자기소개

● 키 184cm

● 멘사 회원(IQ 156)

● 엠넷 프로그램 TOP 10 진출

● KAIST 박사

● 스타트업 대표 경력

● 반찬 가게 사장

이 중 하나는 거짓말입니다.

손님

"이거 니 엄마 생전 좋아하던 거네."

어르신이 반찬을 하나 집으며

따님에게 말했다.

"그러네. 엄마 이거 좋아했지."

"너 나중에 나 제사 지내면 이거 올려놔라."

"왜?"

어르신이 웃으며 말했다.

"가서 니네 엄마 가져다주게."

그렇게 웃으며 떠난 두 분, 평생 잊지 못할 것 같다.

완벽한 식탁

그날따라 계란말이도 예쁘게 잘 말렸고,

김치전도 한 번에 잘 뒤집혔다.

생선구이도 부서지지 않았고,

국의 간도 적당했다.

정말 모든 게 완벽했다.

밥통에 밥이 없다는 사실을

깨닫기 전까지.

자식 생각

"애들 반찬 좀 보려고요."

말하던 손님이 계란 매대 앞에 멈췄다.

잠시 계란을 바라보던 손님.

자식 생각이 난 듯 쓸쓸히 말씀했다.

"이 계란도 1등급인데, 애들 성적은 왜…."

조금 깎아드렸다.

안녕하세요, 반찬 가게 슈퍼ㅇㅇ입니다

'딸랑.' 문 열리는 소리와 함께 노년의 여성분이 들어왔다. 그러곤 매장을 둘러보는 고객님. 아직 오픈 초기라 궁금해서 방문하는 분들이 종종 있기에 편하게 구경하시라 말씀드리고, 도움이 필요할까 곁눈질로 살폈다. 한참을 둘러보더니 물었다.

"우유는 안 보이네요?"

여기는 반찬 가게다. 넓은 의미로 우유도 반찬이라 생각할 수 있으니(실제로 식혜와 수정과는 판매 중), 그러려니 하고 대답했다.

"아, 죄송한데 우유는 판매하지 않아서요."

다시 둘러보다가 또 물었다.

"비누나 세제는 없어요?"

다시 말하지만 여긴 반찬 가게다. 이쯤 되니 나도 혼란스러워졌다.

"손님, 죄송한데 여기는 반찬 가게라서 세제는 판매하

지 않아요.”

“여기가 반찬 가게예요?!?”

“네… 반찬 가게 슈퍼ㅇㅇ입니다.”

“슈퍼 아니었어요?”

그날, 그 손님 덕분에 하루가 즐거웠다.

계산

"이것들 빨리 계산해주시겠어요?"
무슨 사정이 있는지 손님이 급히 말했고,
나도 덩달아 "네!" 마음이 바빠졌다.
삑, 삑— 빠르게 계산을 도와드리니
봉투에 넣지도 않고 서둘러 나서려는 손님.
'감사합니다. 맛있게 드세요.'
인사는 드려야지! 급한 맘에 외쳤다.
"감사히 드세요!"
여름날의 추억이었다.

오리엔테이션

대학 시절, 개강 후 첫 수업 오티 시간. 강의 목표, 커리큘럼 등을 한참 설명하던 교수님이 문득, 맨 앞자리에 앉은 나를 잠시 바라보더니

"아! 그리고…."

무언가 생각난 듯 말을 꺼내셨다.

"외국인 유학생들은…."

그렇게 유학생 관련 공지를 이어가던 교수님. 한동안 그 수업 때 한국어로 말하는 게 망설여졌다. 문득 궁금했다. 나를 어느 나라 사람이라고 생각한 걸까?

헐크

태명이 '헐크'란 아이가 있었다.
'헐크처럼 튼튼하게 자라라는 뜻인가?'
궁금해서 왜 헐크냐고 물었고,
그녀는 피식 웃으며 말했다.
"애 아빠는 분명 묶었는데, 그걸 찢고…."
잊히지 않는다.

퇴근

그런 날이 있다.

아이들이 내 얼굴을 보면

혹시나 알아챌까

쉬이 들어가지 못하고

현관문 앞에 서서

웃는 연습 한 번 하고

집으로 들어가는

그런 날.

고향

고향이 제주라 겪은 가장 황당한 순간은
"제주도?? 진짜 멀리서 왔네요!"라고
깜짝 놀라며 말하던
중국 유학생을 조우했을 때였다.

무대

어쩌면 세상은 거대한 무대와 같아서, 우리 모두는 제때 대사를 마쳐야 하는 배우인지도 모른다. 하지만 삶은 친절한 연출가처럼 우리를 기다려주지 않는다. 찬란한 등장만큼이나 필연적인 퇴장이 앞에 놓여 있다. 어떤 퇴장은 노을처럼 붉은 여운을 남기며 서서히 저물고, 어떤 퇴장은 예고 없이 암전되는 무대처럼 팟 하고 한순간에 모든 빛을 잃기도 한다.

그러니 상대와 눈을 맞추며 건넬 대사가 있다면, 아껴두지 말고 지금 뱉어야 한다. 사랑한다, 미안하다, 고맙다. 이런 대사는 갑자기 불이 꺼진 적막한 무대에 홀로 남아 내뱉기엔 너무나 아픈 독백일 테니까.

집주인

하자 문제로 집주인에게 전화를 걸었다.

'공손하게. 그래도 분명히 말씀드리자.'

뚜르르- 긴장 속 다짐을 되뇌는데

딸깍. 여보세요? 전화를 받았다.

나는 공손하게. 그래도 분명히 말했다.

"안녕하세요, 주인님."

너무 공손했나 보다.

여름

"구름 멋지다. 아빠 어떤 계절이 좋아요?"

여름. 함께 뛰놀던 첫째가 숨을 고르며

앉더니 하늘을 올려다보면서 물었다.

"아빠는 봄과 가을이 좋아."

음. 땀 맺힌 아이 얼굴이 생각에 잠겼다.

"왜요? 봄은 설레고 가을은 아름다워서?"

아니. 아이 옆에 털썩 앉으며 말했다.

"방학이 없어서."

여름이었다.

아빠 육아

아들 둘 8년 육아했다.
그게 지난 40년 인생 동안
제일 좋은 결정이었고
제일 잘한 일이었다.
정말.

과속 방지턱

아이들 마음속에 과속 방지턱
하나쯤은 있길 바랐다.
남들이 너무 거칠게 들어오면
'덜컹거림'을 느껴 속도를 조절하게
하는 마음의 과속 방지턱.
그래서 둘째를 앉히고 이야기했다.
"둘째야, 싫을 땐 싫다고 분명히 이야기해야…."
"싫어!!"
그러곤 후다닥 사라졌다.
잘 자라주고 있다.

윤활제

둘째들은 부모 사이에서
종종 윤활제 역할을 한다.
대화를 하다 어색해져도
"둘째들은 다 그렇지 않아요?
저희 둘째는⋯."
하고 말을 꺼내는 순간
대화가 다시 쌩쌩 돌기 시작한다.

별 헤는 낮

아이가 푸르른 하늘을 바라본다.

뭘 보냐는 질문에

별을 보고 있단다.

보이지 않을 뿐 저기 어딘가

별이 그대로 있다고.

그렇게 가끔,

아이들은 인생의 스승이 되곤 한다.

손톱

육아하면서 가장 어려운 일 중 하나가
손톱을 깎는 일이었다.
아이를 아프게 하기 싫은 마음과
모양은 예쁘게 하고 싶은 욕심.
이 둘이 치열한 전투를 벌이기에
아이의 손톱은
너무나 조그마한 전장이었다.

진심

어떤 진심은 아이들이 알아줬으면
싶다가도 끝내는 모르길 바랄 때가 있다.
'아빠도 치킨 다리 좋아해'라는 마음 같은 거.

인면수심

"그르르…."

공장의 개가 나를 보더니 낮게 으르렁거렸다. 반가운 마음에 달려갔던 나는 당황스러울 수밖에 없었다. 손에는 녀석이 좋아 날뛰는 갈비가 들려 있었기에 내심 꼬리를 치며 반길 것이라 믿었다.

'은박지에 싸여 있어 냄새가 덜 나는 걸까?'

혹시나 싶어 은박지를 벗겨내고 다가가려는데,

"가까이 가지 마라."

아버지의 묵직한 손이 어깨를 막아 세웠다. 왜냐는 물음에 빙긋 웃는 아버지.

"저 녀석, 새끼 낳았거든."

오늘날 뉴스가 넘쳐난다. 그리고 그 틈바구니 사이로 보이는, 부모라는 이름을 저버린 참혹한 사건들. 그런 기사 아래에는 으레 꼬리표처럼 달리는 수식어가 있다. 인면수심. 혹여 그런 표현을 관성적으로 쓰는 사람을 만난다면 말해주고 싶다. 짐승을 욕되게 하지 말라고.

그 어린 나에게 사전을 뒤져 '모성'이라는 단어를 처음 찾아보게 만든 건, 주인이 건네는 달콤한 유혹 앞에서도 기꺼이 이빨을 드러냈던 그 수심이라고. 인간의 탈을 쓴 채 제 핏줄을 해하는 이들에게 붙여줄 이름은 이 세상에 없다고.

겨울

그 아이를 잊고 지낼 수 있길 바랐다. 그러다 문득 생각나 찾아본 모습이 특별할 것도 없이 평범해 '잘 컸네' 한 번 피식 웃곤 스크롤을 휙휙 넘기다 다시 잊고 일상으로 돌아가길. 진정 그렇게 되길 바랐다.

끝내 아이는 별이 되었다. 무심히 잊히길 바랐던 마음은 결국 닿지 않았고, 아이는 가장 오래 기억될 겨울로 남았다.

작은 몸으로 감당해야 했던 모든 고통과 두려움을 이제는 다 내려놓았기를. 부디 그곳에서는 아프지 말고, 비로소 완전한 평안에 다다랐기를.

잊고 싶었지만, 잊을 수 없게 된 아이야.
이제 편안하렴.

작은 세상

249

아이는 종종걸음을 멈추고

몸을 숙여 길가를 들여다보았다.

보도블록 사이에 피어난 작은 꽃,

돌담 사이를 건너는 작은 애벌레,

하트 모양을 닮은 작은 낙엽.

이처럼 네가 보는 세상은

너를 닮아 작고 아름다워서

기어코 나의 세상을 크고

행복하게 만든다.

사진

아이들의 사진을 가만히 들여다보면
신기하게도 보인다.
그 사진을 찍던
나의 표정이.

염원

죽음을 마주한 적이 있다. 둘째가 겨우 두 살이던 여름 새벽. 다용도실에서 무심코 뿌린 살충제에 기도가 부풀어 숨을 쉴 수 없었다. 비명을 질렀으나 산소가 차단된 목구멍에서 나오는 것이라곤 꺽꺽거리는 쇳소리뿐이었다. 이대로 끝이구나, 직감한 순간 바닥을 기어 문으로 향했다. 살기 위해서가 아니라, 문을 걸어 잠그기 위해.

아내와 전화기가 있는 안방까진 결코 닿지 못할 것 같았다. 분명 다용도실과 안방 사이 그 짧은 공간 어딘가에서 서늘한 마침표가 되어 고꾸라질 터였다. 그런 줄도 모른 채 아침에 잠에서 깬 아이들이 나를 발견하고는 "아빠, 왜 여기서 자요? 일어나세요" 하며 차갑게 식어버린 내 몸을 천천히 흔들겠지. 그게 아빠에 대한 마지막 기억이 될 거라는 생각이 죽음보다 더 시린 공포로 다가와 폐부를 찔렀다.

컥컥거리며 당도한 문 앞. 차가운 문고리를 돌려 잠그고 몸으로 문틀을 막아 세우며 기도했다. 제발, 아이들이 문을 열지 못하기를. 나를 처음 발견하는 이가 내 아이들은 아니기를.

현명한 선택이었는지 지금도 모르겠다. 어떻게든 살아보려 발버둥을 쳤어야 했을지도 모른다. 하지만 그때 깨달았다. 갑작스러운 죽음을 목전에 둔 사람이 마지막에 간절히 원하는 것은 삶의 연장이 아니라, 남겨진 이들의 평온이라는 것을.

우리 곁엔 슬픈 참사를 겪은 이들이 적지 않다. 갑작스레 생긴 빈자리를 바라보는 이들의 아픔을 감히 헤아릴 순 없다. 허나 나는 믿는다. 문 저편으로 먼저 건너간 사람들이 마지막 숨을 쥐어짜며 바랐을 유일한 염원은, 남겨진 이들이 다시 평범한 하루를 살아내는 것이라는 걸. 그러니 그들에게 말해주고 싶다.

슬픔에 멈출지언정 갇히지는 말자고. 더딘 걸음이라도

뚜벅뚜벅 오늘을 살아내자고. 그것이 누군가 마지막 공기를 마시며 간절히 바랐을 당신의 모습일 테니.

뚜벅뚜벅 오늘을 살아내자고. 그것이 누군가 마지막 공기를 마시며 간절히 바랐을 당신의 모습일 테니.

찰나

254

아이에게 부모가 간절한 순간은
찰나처럼 스쳐간다.

키우는 것

회사를 키우는 것보다,

자산을 키우는 것보다,

근육을 키우는 것보다,

그 어떤 걸 키우는 것보다

아이를 키운다는 게

가장 가치 있다고 생각해.

나 없이도 살아가는 네가 되기를
너 없이는 못 사는 내가 바란다

1판 1쇄 인쇄 2026년 4월 16일 | **1판 1쇄 발행** 2026년 4월 26일 | **지은이** 파선강 | **발행인** 허윤형 | **펴낸곳** 달먹는토끼 | **주소** 서울 마포구 성지길 25-11(합정동, 오구빌딩) | **전화** 02 334 0173 | **팩스** 02 334 0174 | **홈페이지** www.hwangsobooks.co.kr | **인스타** @hwangsomediagroup | **등록** 2009년 3월 20일(신고번호 제 313-2009-54호) | **ISBN** 979-11-996420-4-1(03810)
@2026 파선강